ハヤカワ文庫 SF
〈SF2121〉

ケン・リュウ短篇傑作集1

紙の動物園

ケン・リュウ
古沢嘉通編・訳

早川書房
7958

THE PAPER MENAGERIE
AND OTHER STORIES
by
Ken Liu

Edited and translated by
Yoshimichi Furusawa
Published 2017 in Japan by
HAYAKAWA PUBLISHING, INC.
This book is published in Japan by
direct arrangement with
BAROR INTERNATIONAL, INC.
Armonk, New York, U.S.A.

目次

紙の動物園

紙の動物園

The Paper Menagerie

ぼくの一番古い記憶は、ぐずぐず泣いているところからはじまる。母さんと父さんがどんなになだめようとしても、泣くのをやめなかった。

父さんは諦めて寝室から出ていったけど、母さんはぼくを台所につれていき、朝食用テーブルにつかせた。

「看《カン》、看《カン》」そう言うと母さんは、冷蔵庫の上から一枚の包装紙を引っ張って手に取った。永年、母さんはクリスマス・ギフトの包装紙を破れないよう慎重にはがし、冷蔵庫の上に分厚い束にして溜めていた。

母さんは紙を裏がえしてテーブルに置くと、折りたたみはじめた。ぼくは泣くのを止め、興味津々の面持ちでその様子をうかがった。

紙をひっくり返し、また折る。折り筋をつけ、つぶし折り、折りこみ、まわし、つまんで、ついにはすぼめた両方のてのひらのなかに紙が見えなくなった。それから折りたたんだ紙を口元に持っていくと、風船のように息を吹きこんだ。

「看《ほら》」母さんは言った。「老虎《ラオフー》（この場合の「老」には、老いるの意味はなく、親しみをこめた「虎さん」くらいの意味）だよ」両手をテーブルに置いてから離した。

小さな紙の虎がテーブルの上に立っていた。拳をふたつ並べたくらいの大きさだ。虎の皮は包装紙の模様がついていて、白地に赤い棒飴と緑色のクリスマスツリーが描かれていた。

母さんが創りだしたものにぼくは手を伸ばした。尻尾がひくひくと動き、指で触るとじゃれ動いた。「ウォーーー」虎は唸った。猫の声と新聞が擦れ合う音の中間のような声だった。

ぼくは笑い声をあげ、びっくりして、人差し指で虎の背を撫でた。紙の虎は喉を鳴らし、指の下で震えた。

「這叫折紙《チャア・チャオ・チャーチー》（これは折り紙《オリガミ》というもの）」母さんは言った。

そのときはわからなかったのだけど、母さんの折り紙は特別だった。母さんが折り紙に息を吹きこむと、折り紙は母さんの息をわかちあい、母さんの命をもらって動くのだ。母さんの魔法だった。

父さんはカタログで母さんを選んだ。

ぼくが高校生だったころ、それについて詳しいことを教えてほしいと父さんに頼んだ。父さんはぼくが母さんとまた話すようにさせようと骨を折っているところだった。

父さんは一九七三年の春に紹介会社と契約を結んだ。一ページに数秒も時間をかけずにカタログのページをどんどんめくっていき、やがて母さんの写真に目が留まった。

その写真をぼくは一度も見たことがない。父さんはどんな写真だったのか説明してくれた――母さんは椅子に腰掛け、体を斜めにしてカメラに向けていた。タイトな緑色の、絹のチャイナドレスを着ていた。顔はカメラに向けられており、豊かな長い黒髪が肩から胸にかけて垂れていた。落ち着いた子どものような目で父さんを見つめていた。

「カタログの最後のページにその写真が載っていたんだ」父さんは言った。

カタログの記載によると、写真の女性は十八歳で、ダンスが趣味、香港出身のため英語が堪能とのことだった。どれも事実ではないことがのちに判明した。

父さんは母さんに手紙を書き、紹介会社がおたがいの手紙のやりとりを仲介した。やがて父さんは母さんに会いに香港に飛んでいった。

「紹介会社の人間が母さんの返事を英語に訳して書いていたんだ。〝ハロー〟と〝グッドバイ〟以外の英語を母さんはまったく知らなかった」

買われていくために自分をカタログに載せるような女性は、どんな人間なのか？　高校の教育は、あらゆることを自分は充分知っているのだと思わせた。軽蔑がワインのようにするすると喉を滑り落ちていった。

金を返せと事務所に押しかけるかわりに、父さんはホテルのレストランのウエイトレスに金を払って、ふたりのために通訳をさせた。

「父さんがしゃべっているあいだ、母さんはじっとこちらを見ていたんだ。怯えとも期待ともつかぬ目で。ウエイトレスがこちらの言ったことを通訳しはじめると、母さんはゆっくりとほほ笑みだした」

父さんはコネチカットに飛んで戻り、母さんを呼び寄せるための書類申請をはじめた。

一年後、ぼくが生まれた。寅年だった。


ぼくの願いに応じて、母さんは、包装紙で山羊と鹿と水牛を折ってくれた。連中は唸りながら追いかけてくる老虎《ラオフー》に追われて、リビングを走りまわった。老虎が山羊たちをつかまえると、押しつぶして空気を追いだしてしまうのが常だった。するとぺしゃんこになって、ただの折りたたまれた紙になってしまうのだ。そうなるとまた走りまわれるよう、ぼくが息を吹きこんで膨らませてやらねばならなくなった。

ときどき、紙の動物たちは、困った事態に陥った。一度、水牛が夕食時にテーブルの上の醤油皿に飛びこんだことがあった（本物の水牛のように、ぬた場で転げまわるのが好きなのだ）。ぼくは急いでつまみ上げたけど、毛細管現象で黒い液体が水牛の四肢の上まで滲みこんでいた。醤油で柔らかくなった脚は、体を支えることができず、水牛はテーブルの上で倒れた。ぼくは陽にあてて乾かしてやったが、その事故のあと、水牛の脚は曲がってしまい、脚をひきずりながら走りまわるようになった。結局、母さんが、水牛の脚をサランラップで包んでやり、心ゆくまで（醤油のなかでないかぎり）水のなかで転げまわれるようにしてやった。

また、老虎《ラオフー》は、裏庭でぼくと遊んでいるとき、スズメに飛びかかるのが好きだった。だけど、あるとき、追いつめられたスズメが必死に反撃し、老虎の耳を引き裂いた。老虎は情けない声をあげ、ぼくが抱えあげるとびくっと震え、母さんがテープで耳をつなぎ合わせてやった。それからというもの、老虎は小鳥を避けるようになった。

またある日、鮫を題材にしたドキュメンタリー番組をTVで見て、ぼくは自分も鮫が欲しいと頼んだ。母さんは鮫を折ってくれたけど、鮫はテーブルの上でみじめにばたばたと動くだけだった。ぼくは流しに水を溜めて、鮫を入れた。鮫は嬉しそうにぐるぐると泳ぎまわった。けれども、しばらくすると、水が滲みこんで、鮫は半透明になり、折り目がほどけていき、ゆっくりと流しの底に沈んでいった。ぼくは手を伸ばして鮫を救おうとしたけれど、手のなかにあるのは、濡れた一枚の紙になってしまっていた。

老虎は、流しの端に前脚を揃えて置き、その上に頭をのせた。耳を垂れ、低く喉を鳴らした。その様子にぼくは自分が悪いことをしたような気になった。

母さんは新しい鮫を折ってくれた。今度は、アルミホイルでこしらえてくれた。その鮫は大きな金魚鉢のなかで、楽しそうに暮らした。老虎とぼくは、金魚鉢のそばに座って、アルミホイルの鮫が金魚を追いまわしている様子を眺めるのが好きだった。金魚鉢に顔を押しつけて向こう側からぼくをじっと見ている老虎の目は、コーヒーカップの大きさくらいになっていた。

ぼくが十歳になったとき、ぼくらは町外れの新しい家に引っ越した。近所に住むふたりの女性が歓迎の挨拶をしにやってきた。父さんはふたりに飲み物を出すと、前の住人が残していった未払い料金を精算するために、ガス水道電気会社にひとっ走りしてこなければならないことを詫びた。「くつろいでください。妻はあまり英語が得意じゃなく、おふたりに話しかけないのは、けっして礼儀を知らないからじゃないんですよ」

ぼくがダイニングで本を読んでいるあいだ、母さんは台所で荷解きをしていた。近所のおばさんたちはリビングでおしゃべりをしていて、とりたてて声を潜めようともしていなかった。

「ごく普通の人に見えるのにね。どうしてあんなことをしたのかしら?」

「混血ってけっしてうまくいかないみたいよ。あの子は発育不全っぽい。吊り目でしょ、しらっちゃけた顔でしょ。まるでチビの化け物」

「あの子、英語を話せると思う？」

おばさんたちは口をつぐんだ。ややあって、ふたりはダイニングに入ってきた。

「こんにちは！　お名前はなんていうの？」

「ジャック」ぼくは言った。

「あまりシナ人ぽくない発音だわ」

そのとき、母さんがダイニングに入ってきた。ふたりのおばさんにほほ笑みかける。三人の女性は、ぼくを囲む三角形をこしらえて立ち、ほほ笑み、うなずきあうものの、父さんが戻ってくるまで、なんの話もしなかった。


近所に住む男の子のひとり、マークがスター・ウォーズのアクションフィギュアを持ってやってきた。オビ＝ワン・ケノービは、ライトセーバーを光らせ、両腕を振りまわして、小さな声で「フォースを使え！」と言うことができた。ぼくにはそのフィギュアはちっとも本物のオビ＝ワンに似ていないように思えた。

マークといっしょに、ぼくは、オビ＝ワンのフィギュアがコーヒーテーブルの上でそのパフォーマンスを五回繰り返すのを見た。「ほかになにかできないの？」ぼくは訊いた。

マークはぼくの質問にむっとした。「細かいところまでよくできているだろ」マークは言った。

ぼくは細かいところを見た。なんと答えたらいいのか、よくわからなかった。

マークはぼくの反応にがっかりした。「おまえのおもちゃを見せろよ」

ぼくは紙の動物たちしかおもちゃを持っていなかった。寝室から老虎《ラオフー》を持ってきた。そのころには、すっかりすり切れ、いたるところがテープや糊で繕《つくろ》われていた。永年にわたり、母さんとぼくがほどこしてきた修繕の跡《あと》だ。もう以前のようにすばしっこく、確かな足取りではなくなっていた。ぼくは老虎をコーヒーテーブルの上に座らせた。ほかの動物たちの軽快な足音が廊下の奥から聞こえてきた。おずおずとリビングを覗いているのだ。

「小老虎《シャオ・ラオフー》」そう言ってから口をつぐむ。英語に切り換えた。「これは虎なんだ」用心しつつも、老虎は大股で歩き、マークに向かって喉を鳴らし、手のにおいを嗅いだ。

マークは老虎の皮であるクリスマス用包装紙の模様をしげしげと眺めた。「ちっとも虎には見えないや。おまえの母ちゃんはゴミでおもちゃをこしらえるのかよ」

老虎がゴミだと考えたこともなかった。だけど、そう言われて見てみると、老虎はただの包装紙にすぎなかった。

マークはオビ＝ワンの頭をまた押した。ライトセーバーが光を放ち、両腕を上下させた。

「フォースを使え！」

老虎が振り向き、襲いかかり、プラスチック製のフィギュアをテーブルから叩き落とした。フィギュアは床にぶつかって、壊れた。オビ＝ワンの頭がカウチの下に転がりこんだ。

「ウォーー」老虎は笑い声をあげ、ぼくもいっしょになって笑った。

マークに思い切り殴られた。「高かったんだぞ！　もうお店では手に入らないんだ。おまえの父ちゃんが母ちゃんを買うのに払ったよりも高かったかもしれない！」

ぼくはよろけて、床に突っ伏した。老虎が唸ると、マークの顔めがけて飛びついた。

マークは悲鳴をあげた。痛みより、恐怖と驚きのせいだった。そもそも、老虎はただの紙で出来ているにすぎない。

マークは老虎をひっつかんだ。マークが片手で握り潰し、半分に引きちぎると、老虎のうなり声が途中で切れた。マークは二枚になった紙を丸めて、ぼくに投げつけた。「ほら、くだらなくて安っぽい中国製のクズを食らえ」

マークが立ち去ると、ぼくは長い時間をかけ、紙を伸ばし、テープで貼り合わせ、折り目に従ってもう一度老虎を折ろうとしたがうまくいかなかった。ゆっくりとほかの動物たちがリビングにやってきて、ぼくらを、ぼくと、老虎だった破れた包装紙を囲んだ。

マークとの喧嘩はそこで収まらなかった。マークは学校で人気者だった。あのあとの二週間のことは、二度と思い出したくない。

その二週間が経った最後の金曜日、学校から帰ってきたぼくに母さんが訊いた。

「学校好嗎《シュエシャオ・ハオマ》？」ぼくはなにも言わずにバスルームに向かった。鏡を覗きこむ。ぼくはどこも母さんに似ていない。どこも。

夕食のとき、ぼくは父さんに訊いた。「ぼくの顔はチャンコロみたいなの？」

父さんは箸を置いた。学校でなにがあったのか父さんに話したことは一度もなかったけれど、父さんはわかったようだった。目をつむり、鼻梁をこする。「いや、ちがうよ」

母さんはわけがわからず、父さんを見た。ぼくに訊く。「啥叫《シャー・チャオ》チャンコロ？」

「英語」ぼくは言った。「英語で言って」

母さんは英語で言おうとした。「なにあるよ？」

ぼくは箸と皿を押しのけた——牛肉とピーマンの五香粉炒め。「うちではアメリカの料理を食べないと」

父さんが言い聞かせようとした。「ときどき中華料理を作る家は多いぞ」

「うちはほかの家とちがうよ」ぼくは父さんをにらみつけた。ほかの家には、ここにいるべきでない母さんはいない。

父さんは目を逸らした。そして母さんの肩に手を置いた。「料理本を手に入れてあげよう」

母さんはぼくのほうを向いた。「不好吃《プー・ハオ・チ》（おいしくないの）？」

「英語」ぼくは声を大きくして言った。「英語を話して」

母さんは手を伸ばして、熱を測ろうと、ぼくの額に触れようとした。「発焼啦《ファシャオ・ラ》（熱があるの）？」

ぼくは母さんの手を払いのけた。「熱なんかない。英語を話せってば！」ぼくは怒鳴っていた。

「英語を話してあげるんだ」父さんは母さんに言った。「いつかこんなことになるとわかっていただろ。なにを期待していたんだ？」

母さんは両手をだらんと下げた。座ったまま、父さんからぼくに視線を移し、また父さんを見た。母さんは口を開こうとして止め、また開こうとしてまた止めた。

「英語を話さないと」父さんは言った。「わたしはきみを甘やかしすぎた。ジャックはまわりに合わせていかないとだめなんだ」

母さんは父さんを見た。「もしわたしが〝ラヴ〟言うと、ここに感じます」母さんは自分の唇を指した。「もし〝愛《アイ》〟言うと、ここに感じます」自分の心臓の上に手を置いた。

父さんは首を振った。「きみはアメリカにいるんだ」

母さんは椅子の上で肩を落とした。よく老虎《ラオフー》に襲いかかられて、命の空気を押しだされていた水牛のように見えた。

「それにぼくはほんとうのおもちゃが欲しいんだ」

父さんはスター・ウォーズのアクションフィギュアの完全揃いセットを買ってくれた。ぼくはオビ＝ワン・ケノービをマークにあげた。

ぼくは紙の動物たちを大きな靴箱にしまいこみ、それをベッドの下に置いた。

翌朝、動物たちは靴箱から逃げだして、ぼくの部屋のそれぞれのお気に入りの場所に戻っていた。ぼくは全員をつかまえて、靴箱に戻し、蓋をテープで留めた。だけど、動物たちは箱のなかでとてもうるさく音を立てたので、ぼくの部屋からできるだけ遠くにある屋根裏部屋の隅に押しこんだ。

母さんが中国語で話しかけようものなら、ぼくは返事をしなかった。しばらくして、母さんは英語をもっと使うようになった。だけど、訛りや文法間違いが聞くに堪えなかった。ぼくは訂正しようとした。やがて、母さんはぼくがそばにいるときには、まったく話さなくなった。

母さんは、ぼくになにかを知らせる必要がある場合には身振りで伝えようとしだした。TVでアメリカ人の母親がやっているのを見て、ぼくをハグしようとした。その仕草は、わざとらしく、ぎこちなく、滑稽で、みっともなく思えた。母さんはぼくがきまり悪そうにしているのを見て、途中でやめてしまった。

「そんなふうに母親をじゃけんにしてはいかん」父さんは言った。だけど、そう言いながらも、ぼくの目をまっすぐ見られずにいた。中国の農民の娘を連れてきて、コネチカットの郊外暮らしに適応させようとしたのはまちがいだと、父さんは心の奥底で悟っていたのにちがいなかった。

母さんはアメリカ流の料理を学んだ。ぼくはTVゲームをやり、フランス語を習った。たまにではあったけど、母さんがキッチンテーブルで、包装紙の裏側をしげしげと眺めているのを見かけることがあった。そのあと、あらたな紙の動物がぼくのナイトスタンドに姿を現し、ぼくに寄り添おうとした。ぼくは連中をつかまえ、つぶして空気を押しだし、屋根裏の靴箱にしまいこんだ。

ぼくが高校生になったころ、母さんはついに動物をこしらえるのをやめた。そのころには、母さんの英語はずいぶんましなものになっていたけれど、どんな言語を使ったとしても、母親の言うことに興味を持たない年齢にぼくはなっていた。

ときどき、家に帰ると、母さんが小柄な体で台所をせわしなく動きまわり、中国語の歌を口ずさんでいるのを見かけることがあった。あんな女性が自分を生んだとは信じがたかった。ぼくらはなにひとつ共有しているものがなかった。母さんは月からきた人間みたいなものだった。ぼくはいつも自分の部屋に急いで入った。そこにいけば、どこまでもアメリカ的な幸せを追求しつづけることができた。

父さんとぼくは、病院のベッドに寝ている母さんを両側からはさんで立っていた。まだ四十歳にもなっていないのに、母さんはずっと年を取っているように見えた。

永年、母さんは、体のなかに痛みがあったのに、たいしたことじゃないと言って、医者にいくのを拒んでいた。ついに救急車で病院に運ばれたときには、癌は広がって、手の施しようがなかった。

病室にいてもぼくの心は、どこか上の空だった。大学の就職活動の最中であり、ぼくは履歴書作成や成績証明書取得にやっきになっており、面接予定を戦略的に立てていた。企業の担当者に採用してもらうためのもっとも効果的な嘘のつき方を練っていた。実の母親が死の床にあるのにそんなことを考えるのはひどいことだと頭ではわかっていた。だけど、わかっていたとしても、自分の気持ちを変えられるとはかぎらなかった。

母さんが意識を恢復《かいふく》した。父さんは両手で母さんの左手を包んだ。身をかがめて、母さんの額にキスをした。父さんは弱々しく、年老いたようで、そのありさまにぼくは面食らった。自分が母さんのことをほとんどなにも知らないのとおなじくらい、父さんのこともろくに知らないのに愕然とした。

母さんは父さんにほほ笑んだ。「だいじょうぶよ」

ほほ笑みを浮かべたまま、母さんはぼくのほうを向いた。「学校に戻らなきゃならないんでしょ」その声は、とてもか細く、体につながっている医療機器のブーンという音のせいで、聞き取りにくかった。「行って。母さんのことは心配しないで。たいしたことじゃない。学校でがんばってね」

ぼくは手を伸ばし、母さんの手に触れた。そうするのがこの場合にふさわしいことだろうと思ったからだ。ぼくはほっとしていた。帰りのフライトのことや、眩しいカリフォルニアの日差しのことをすでに考えていた。

母さんは父さんになにか囁いた。父さんはうなずくと、病室を出ていった。

「ジャック、もし――」咳の発作に襲われて、母さんはしばらく話せなくなった。「もしわたしが……助からなくても、体を壊すほど悲しんじゃだめ。自分の人生に集中しなさい。あなたが屋根裏部屋に置いているあの箱を捨てずに取っておいて、毎年、清明節《チンミン》に取りだして、母さんのことを思ってちょうだい。母さんはいつもおまえのそばにいるよ」

清明節《せいめいせつ》は死者を慰める中国の祭りだった。ぼくがとても幼かったころ、母さんは、清明節に中国の亡き両親にあてた手紙をしたため、アメリカでの過去一年にわが身に起こった良い知らせを伝えるのが常だった。母さんはその手紙をぼくに読み上げてくれ、もしぼくがそれについてなにか言えば、そのことも手紙に書き添えるのだった。そして、その手紙で鶴を折り、西に向かって解き放った。ぼくらは鶴がぴんと張った紙の翼をはためかせ、はるか西へ、太平洋に向かって、中国に向かって、母さんの一族の墓に向かって旅立つのを眺めた。

最後に母さんとそんなことをしてから、長い年月が経っていた。

「中国の暦《こよみ》のことはなにも知らないんだ」ぼくは言った。「休みなよ、母さん」

「あの箱を取っておいて、たまに開けてくれるだけでいいのよ。ただ開けるだけで――」

母さんはまた咳きこみだした。

「うん、母さん」ぼくは母さんの腕を恐る恐る撫でさすった。

「孩子《ハイツ》、媽媽愛爾《ママ・アイ・ニィ》……（「息子や、母さんはあなたを愛しています」の意）」咳の発作がまた襲ってきた。何年もまえの出来事が、ひとつのイメージとなって、ぼくの記憶のなかに閃いた――母さんが愛《アイ》と言って、手を自分の心臓に置いているところだ。

「わかった、母さん。もう話さないで」

父さんが戻ってきた。飛行機に乗り遅れたくないので、早めに空港にいかなきゃならない、とぼくは言った。

ぼくの乗った飛行機がネヴァダ上空のどこかを飛んでいるときに母さんは亡くなった。


母さんが死んでから、父さんは急に老けた。家は父さんには大きすぎて、売らねばならなくなった。ぼくはガールフレンドのスーザンといっしょに荷造りと掃除の手伝いをしに出かけた。

スーザンが屋根裏部屋で例の靴箱を見つけた。とても長いあいだ、屋根裏の断熱材の入っていない暗闇のなかに隠されていた紙の動物たちは、紙がもろくなって、包装紙の明るい模様が色あせてしまっていた。

「こんな折り紙、見たことない」スーザンは言った。「あなたのお母さんって、すばらしいアーティストだったんだ」

紙の動物たちは動かなかった。たぶん彼らを動かしていた魔法がどんなものであれ、母さんが死んで止まってしまったんだ。あるいは、紙でこしらえたものがかつては生きていたとぼくが勝手に想像していただけなのかもしれない。子どもの記憶など、あてにはならない。


母さんの死から二年たった四月最初の週末のこと。スーザンは経営コンサルタントとしての終わりのない出張で町を出ており、ぼくは家にいて、自堕落にTVのチャンネルを適当に変えていた。

鮫を扱ったドキュメンタリー番組に目が留まった。ふいに心のなかに、母さんの手が浮かびあがった。両手でアルミホイルを何度も折り返し、ぼくに鮫をこしらえてくれていた。老虎《ラオフー》とぼくがその様子を見つめている。

カサカサと音がした。顔を起こすと、包装紙と破れたテープでできた球状のものが、本棚の隣の床の上にあった。ぼくはそれを拾い上げてクズ籠に入れようと近づいた。

球状の紙が動いて、ひとりでに広がった。見ると、老虎《ラオフー》だった。長いあいだ、一度も思い出したことがなかった。「ウォーー」ぼくが諦めたあとで、母さんが直してくれたにちがいない。

老虎は記憶にあるよりずっと小さかった。あるいは、あの当時、ぼくの拳がずっと小さかったせいかもしれない。

スーザンは紙の動物たちをぼくらのアパートのなかに装飾品として置いていた。きっと老虎はいちばん目立たない部屋の隅に置いていたんだろう。ひどくみすぼらしい姿だったからだ。

ぼくは床に腰を下ろし、指を一本伸ばした。老虎の尻尾がピクッと動き、じゃれて指に飛びついた。ぼくは笑い声をあげ、彼の背を撫でた。老虎はぼくの手の下で喉をゴロゴロ鳴らした。

「どうしてた、相棒？」

老虎はじゃれるのをやめた。体を起こし、ネコ科特有の優雅な動きでぼくのひざの上に飛び乗ると、ひとりでに折り目をほどいて広がっていった。

ひざの上には、皺の寄った四角い包装紙がのっており、裏を上に向けていた。そこには漢字が所狭しと書きつけられていた。ぼくは一度も中国語の読み方を学ばなかったものの、「息子」にあたる漢字は知っていた。その文字は、自分に宛てて書かれた手紙の場合、そこにあるだろうと予測できる冒頭にあった。母さんのへたくそな子どもっぽい筆跡で記されていた。

　ぼくはコンピュータに向かい、インターネットで確認した。今日は清明節だった。

　ぼくはその手紙を持って、ダウンタウンにいった。中国の団体旅行バスが停車するのを知っていたからだ。中国人の観光客ひとりひとりに、訊ねた。「儞会讀中文嗎《ニィ・フィ・ドゥ・チョンウエン・マ》（中国語を読めますか）？」とても長いあいだ中国語を話してなかったので、通じるかどうか定かではなかった。

　ひとりの若い女性が協力してくれることになった。ぼくらはベンチに腰かけ、彼女は手紙を読み上げてくれた。何年も忘れようとしてきた言語が蘇ってきた。手紙の言葉が体に沁みこんでくるのを感じた。皮膚を通り、骨を通って、心臓をぎゅっとつかんできた。

息子へ
　もう長いこと話をしていませんね。あなたに触れようとするととても怒るので、怖くてできなくなりました。それにこのごろ絶えず感じるようになったこの痛みは、とても深刻なものなんだろうなと思っています。
　だから、あなたに手紙を書くことにしました。母さんがあなたのためにこしらえてあげて、あなたがむかし、大好きだった紙の動物に記すつもりです。

わたしが息をするのを止めたとき、動物たちは動くのを止めるでしょう。だけど、全身全霊をこめてあなたに手紙を書いて、この紙に、この言葉に、母さんのなにがしかを残しておくつもりです。そうすれば、亡くなった人たちの魂が家族のもとに帰るのを許される清明節にあなたが母さんのことを思いだしてくれるなら、わたしが残していくものを生き返らせてくれるはず。あなたのためにこしらえた動物たちがまた飛びはね、駆けまわり、飛びかかり、そのときにあなたはきっとそこに書かれたこの言葉を見てくれるでしょう。

全身全霊をこめて書かなければならないので、あなたに中国語で書く必要があります。いままで一度もあなたに母さんの人生について話したことがなかったわね。あなたが幼いときには、あなたが大きくなって、理解できるようになったら話そうとずっと考えていたの。だけど、なぜだか、その機会はけっして訪れませんでした。

母さんは一九五七年に河北省四軲轆《シグル》村で生まれました。あなたの祖父母はふたりとも貧農の出で、親戚はほとんどいなかったんです。わたしが生まれたほんの数年後、大飢饉が中国を襲い、三千万人が死にました。いまも覚えている最初の記憶は、目を覚ますと、母が土を食べていたのを見たというものです。そうすることでお腹を満たし、最後に残ったわずかばかりの穀物をわたしに残しておけるように。

その後、状況はましになりました。村は折り紙で有名で、母が紙の動物をこしらえて、命を吹きこむやり方を教えてくれました。これは村の暮らしのなかでは実用的な魔法だったの。畑からバッタを追い払うため、紙の鳥をこしらえ、ネズミが寄ってこないように紙の虎をこしらえていました。新年のお祝いに、友だちといっしょにわたしは赤い紙の龍を折りました。小さな龍たちが、前の年のあらゆる悪い思い出を脅して追い払うための爆竹を弾けさせながら運んで、空いっぱいに広がっていく光景をけっして忘れないでしょう。あなたもあれを見たら、気に入ったはずです。

一九六六年に文化大革命が起こりました。隣人同士が突然相手に食ってかかり、兄弟同士が裏切り合いました。だれかが、母の兄弟、わたしにとってのおじが、一九四六年に香港に向かい、そこで商人になったことを思い出しました。香港に親戚がいることは、わたしたち家族が人民にとってのスパイであり敵であることを意味し、わたしたちは大変な目に遭わねばなりませんでした。あなたのかわいそうなお祖母さんは——あの人は厳しい非難の声にたえかねて、井戸に身投げしたの。そのうえ、ある日、猟銃を持った若者たちがお祖父さんを森に連れていき、お祖父さんは二度と帰ってきませんでした。

そしてわたしは十歳の孤児になったんです。この世にたったひとり残る親戚は、香港にいるおじさんでした。ある夜、こっそり村を抜け出すと、南行きの貨物列車に潜りこんだの。

二、三日して、広東省にたどりつき、畑で食べ物を盗んでいたところを数人の男の人に捕まってしまいました。香港にいこうとしていることを話すと、彼らは笑い声をあげて言いました。「運が良かったな。おれたちの商売は、女の子を香港に連れていくことなんだ」

彼らはほかの女の子たちといっしょにわたしをトラックの荷台に隠し、国境を越え、密出国させました。

わたしたちは、ある地下室に連れていかれ、ぴんと背を伸ばして立ち、買い手に健康で賢く見えるようにしろと命じられました。いろんな家族の人たちが、倉庫業者に料金を払い、わたしたちの品定めをして、「養子にする」ひとりを選ぶため、やってきました。

陳家がふたりの男の子の世話をさせるためにわたしを選びました。わたしは毎朝四時に起き、朝食の支度をしました。男の子ふたりにごはんを食べさせ、お風呂に入れました。食品の買い出しにでかけ、洗濯をし、床掃除をしました。男の子たちのあとをついてまわり、ふたりの言いつけに従いました。夜になると台所の食器棚に閉じこめられて眠りました。鈍くさかったり、間違いをしたりすると、叩かれました。子どもたちが悪いことをすると、叩かれました。英語を学ぼうとしているところを見つかると、叩かれました。

「どうして英語を習いたいんだ？」陳氏に訊かれました。「警察にいきたいんだろ？　そんなことをすれば、おまえが香港に不法滞在している本土人だと警察に言ってやる。警察は嬉々としておまえを監獄に放りこんでくれるぞ」

そんなふうに六年が経ちました。ある日、朝市で魚を売ってくれる年輩の女性に、脇に連れていかれ、告げられました。

「あんたのような女の子のことは、よくわかってる。あんたいまいくつだい、十六か？　そのうち、あんたを抱え人にしている男が酔っ払って、あんたを見て、引っ張りこもうとする。あんたにはどうすることもできん。そのうち、主人の嫁さんにばれる。そうなったときには、ほんとうに地獄に堕ちたと思うようになる。そうならないよう、助けてくれる人を知ってるよ」

　その人は、アジア人の妻を欲しがっているアメリカの男たちの話をしてくれました。料理と掃除ができ、アメリカ人の夫の世話ができるなら、いい暮らしをさせてくれるだろう、と。それがわたしにただひとつだけある希望だったの。そんなわけで、わたしは嘘ばかり書いてあるカタログに載り、あなたのお父さんと出会いました。あまりロマンチックな話じゃないけど、それがほんとうの話。

　コネチカットの郊外で、わたしは孤独でした。あなたのお父さんは親切で優しくしてくれましたし、彼にはとても感謝しています。だけど、だれもわたしのことを理解してくれず、わたしもなにひとつ理解していなかった。

　だけど、あなたが生まれたの！　あなたの顔を見て、母と父と、そしてわたしの面影があるのを見て、とても嬉しかった。わたしは家族全員を失ってしまっていたの。四軲轆村《シグル》のみんなも。かつて知っていて、愛していたあらゆるものを失ってしまった。だけど、あなたが生まれた。あなたの顔は、あの人たちが現実に存在していた証。わたしが想像して作り上げたものじゃない。

わたしには話し相手ができました。あなたにわたしの国の言葉を教えるつもりだった。わたしが愛し、失ったすべてのものの小さな欠片《かけら》をふたりで作り直すことができると思った。あなたがわたしの母とわたしとおなじアクセントで、はじめての言葉を中国語で口にしたとき、わたしは何時間も泣きました。最初の折り紙の動物をあなたのためにこしらえたとき、あなたは笑い声をあげ、母さんはこの世になんの心配もないと思ったわ。

あなたが少し成長すると、あなたの父さんとわたしがたがいに話をする仲立ちをしてくれたでしょ。わたしはやっと家にいる気持ちになりました。ついに幸せな暮らしを見つけたの。両親がここにいればいいのにと願ったものです。父母のため料理をしてあげ、安楽に暮らしてもらえるように。だけど、わたしの父母はもうこの世にいません。中国人がこの世でいちばん悲しいと思うことがなんだか知ってるかしら？　孝行したいときに親は無しとわかることなの。

息子や、あなたが自分の中国人の目を好きでないのはわかっています。わたしとおなじ目だから。あなたが自分の中国人の髪の毛を好きでないのはわかっています。わたしとおなじ髪の毛だから。だけど、あなたの存在そのものが、どれほどわたしに喜びをもたらしたのか、わかってもらえるかしら？　あなたがわたしに話すのを止め、中国語であなたに話しかけさせてもらえなくなったとき、母さんがどんな気持ちだったのか、わかってもらえるかしら？　あらゆるものをもう一度失う気がしました。

どうして話しかけてくれないの、息子や？　あまりに痛くて、もう書けません。


若い女性は紙をぼくに返した。ぼくは、顔を上げて、彼女を見ることができなかった。顔を上げずに、ぼくは母さんの手紙の下に「愛」の漢字をなぞり書きする手助けをしてほしいと頼んだ。ぼくはその文字を何度も何度も紙の上に書き記し、自分のペンが記すものと母の文字をからみあわせた。

若い女性は手を伸ばし、ぼくの肩に手を置いた。そして腰を上げ、立ち去った。ぼくを母のもとに残して。

折り跡に沿って、紙をたたみ直し、老虎《ラオフー》に戻した。曲げた肘の上にのせてやると、老虎は喉を鳴らした。ぼくらは家に向かって歩きだした。

月　へ

To the Moon

ずいぶん昔、おまえがまだほんの赤ん坊のころ、父子ふたりで月へいった。

北京の夏の夜は暴力的だった――暑くて蒸し蒸しして、通り雨のあとの道に残った、ガソリンの虹色の膜で覆われている水たまりのように空気が濃厚だった。借りている部屋のなかで、ゆっくりと蒸される点心のような気分だった。

どこにもいくあてはなかった。外に出ると、歩道はエアコンを持っている近隣住民の部屋から出るその低く唸る作動音と、エアコンを持っていない住民の部屋から出る最大音量で点けられているTVの甲高い音に充たされていた。その組合せにおまえの泣き声を加えてごらん。どんな人でも気を狂わせるに充分なほどだった。おまえをおんぶして、外に出ては戻り、また外に出るのを繰り返し、眠ってくれと懇願したものだ。

ある夜、役所での実りのない請願にまた一日を費やし、おまえの母親のあだを討てる見込みはまるでないまま帰宅した。おまえはわたしの怒りと絶望を感じ取り、共感して勢いよく泣いた。この世はじつに厳しくて暗く、わたしはおまえといっしょに泣きたかった。この狂気の世界を充たしている音と怒りに加わりたかった。

と、そのとき、月が頭のすぐ上を通りかかった。熟れて、黄金色に輝き、丸く、天火から取りだしたばかりの焼餅《シャオビン》のようだった。おまえの母親が残していったスカーフでおまえを背中にくくりつけると、どういうわけか建設と建て直しの波を、道路拡張と破壊の波を、公害と無関心の波を乗り切って道ばたに生えている槐《えんじゅ》の木にわたしは登りはじめた。

木登りは長く、骨が折れた。月は地面と近いように見えたが、木を登っていくにつれどんどん後退していった。われわれ父子は、雲を抜け、野生の椋鳥と雀の群れを抜け、ふたりを木から引き離そうとする風と雨を抜けて登っていかねばならず、やがてついに一番高いところにある揺れる枝の最先端にたどり着いた。月は真上を通っており、わたしは手を伸ばし、月に体を引き上げた。

月の上はすばらしかった――涼しい空気、澄んだ空、まるで図書館のように静かだった。到着するとおまえはすぐに泣き止み、はじめて北京にやってきて、はじめて行き交う大量の車を目にしたときとおなじように目を大きく見開いて、あたりを見まわした。

月人は美しく、上品だった。女たちは水のように流れて微光を放つドレスを着ており、男たちは新車の塗装のようにきらきらぴかぴか光る靴を履いて歩いていた。だれもが唐朝の詩人であるかのように話していた。緑の翡翠と白い軟玉で作られた茶房で、彼らは露から淹れた茶を飲み、小さな声で話し、おたがいの機知に笑い声をあげていた。彼らは月の女王嫦娥《じょうが》自身が用意した甘い金木犀《きんもくせい》の風味がある菓子を食べていた。壁自体も触ると冷たく、エアコンのような無粋なものはいっさい必要ない理由がわかった。

だが、彼らは傲慢でもあった。彼らはわれわれ父子をそこにいさせたがらなかった。田舎の貧乏百姓などはもってのほかというわけだ。彼らはこちらがそこに属していないと思っていた。われわれはやかましく、そこを汚した。

「家に帰ってはいかがかな?」彼らは問いかけてきた。

それでこちらとしては彼らをだます方法を見つけねばならなかった。

サリー・ラッシュは依頼人に不安げにほほ笑んだ。

コーヒーショップのテーブルの向かいに座っている中国人男性は四十代だった――背が低く、ひどく痩せており、青いワイシャツは皺だらけで、何度も洗濯を重ねたせいで色あせており、靴は手の施しようもなくすり減っていた。ぼさぼさの髪の毛はところどころ白くなりかけており、上唇とあごにぽつぽつ生えているひげをわざわざ剃ってはいなかった。テーブルの上のコーヒーはブラックで手つかずのままで、男は魔法瓶から注いだ茶を飲んだ。張《ちょう》・文朝《ぶんちょう》は、ついさきほど船を下りたばかりのように見えたが、サリーを値踏みしている視線は、冷ややかで落ち着いており、計算高そうだった。

サリーは文朝の濃い茶色の瞳と表情のない顔を覗きこんだ――人種差別主義者みたいな口はききたくないけど――文朝は読めない人間だとわかった。

男の娘、六歳ほどの少女が隣に座っていた。サリーが娘にほほ笑みかけると、少女はほほ笑み返した。好奇心で目を大きく見開いている。父親のわかりがたい顔と対照的に、少女の頭のなかを行き来する考えはぜんぶ読めるとサリーは思った。

サリーは手を差しだしたが、文朝はそれを無視し、じろじろと彼女を見つづけた。英語があまりわからないんじゃないかな、とサリーは思った。少女のほうを向く。

「こんにちは」サリーは言った。「わたしはサリー。あなたとあなたのお父さんを助けるためにここにいます。わたしはあなたたちの弁護士です」

「ハロー」少女は言った。そして顔を赤らめた。わたしが綺麗だとこの子は思っている、とサリーにはわかった。「ヴィニーと呼んでもいいよ」

サリーはこのアメリカ人風の名前を持つ少女がアメリカ人の目を持っていると判断した。

「どんなふうに助けてくれるの？」ヴィニーが訊いた。

サリーはじっくり答えを考えた。「わたしの仕事は人に話をしてもらう手助けをすることなの。わたしがいい仕事をすれば、あなたたちは勝つ」

ヴィニーはうなずいて、笑みを浮かべた。

　すると父親が口をひらいた。「わたしの話を読みましたか？」文朝の訛りはきつかったが、サリーは問題なく理解できた。文朝は注意深く、冷静な口調で、どこにも絶望している気配はなかった。

「ええ」サリーは答えた。文朝の話には衝撃を与えられ、憤りを覚えた。文朝がもっと、なんと言うか、ヒーローらしくなく、こうむってきた苦難の徴候をもっとあからさまにしていないことに、少しがっかりしている自分にサリーは気づいた。サリーは文朝を救いたかった。みずからの信念のために、自由のためにとても多くのことを諦めた、この勇敢で小柄な中国人男性を救いたかった。

「あなたはとても勇敢です」サリーは付け加えた。

「この仕事をいままでどれくらいやったんですか？」文朝は訊いた。

「ひとつも」サリーは顔を赤らめた。

　サリーは有名ロースクールの優秀な学生だった。一ダースの法律事務所のなかから、ウィドマー・イートン・ラフィーヴァー＆タックを選んだ――いずれの法律事務所も一様に信じられないような給料を申し出ていた。この事務所を選んだ理由は、面接を担当し、ウィドマーがとてもすばらしい事務所であるように思わせてくれた女性シニア・アソシエイトを気に入ったからだ（ただし、サリーが九月に勤めだしたときには、そのアソシエイトは――〝一身上の都合で〟――すでに辞めていたので、ひょっとしたら、事務所を選ぶのにあまり良い方法ではなかったかもしれない）。

「では、わたしの話がどのように効果があるのか、わかりますか？」文朝が訊いた。

「わたしは――」そこで言葉がつかえた。想定していた事態とはまるで異なっていた。

「あなたが申し立てた事実は、人種、宗教、国籍、あるいは特定の社会集団の一員であることを理由に迫害を受ける恐れが正当な根拠を持つものであるという法令で定められた定義に合致し……」声が尻切れとんぼになった。こうした法律用語は抽象的に響き、この仕事に不充分に聞こえた。

実際に弁護士でいるのは、法学生でいるのとまったく異なる、とサリーは気づいていた。彼女は仮説上の事例をばらばらに分解し、複雑な法的主張にまとめ、高い理想の信念と方針で補強し、眩しいほどの美辞麗句で飾りたてるのは大得意だったが、民事の現実にはまるで用意ができていなかった。

「そうか」文朝は言った。サリーは相手の口調が意味するところを完璧に理解した。「だからあなたは無料なんだ」

ウィドマー・イートンには適切な事例がなかった。弁護料請求書で相手を溺れさせるために企業が作成した書類の保管箱で満杯になった倉庫から、事実を集めるのがサリーの仕事だった。彼女はその仕事に自分がまったく向いていないのに気づいた。

サリーをトレーニングし、意味の無い単調な仕事から少しはましな気分にさせるよう、事務所は彼女に公益弁護活動《プロボーノ》として亡命事件を担当させた。彼女は事務所の本当のクライアント相手にしくじらないくらい学ぶまで、亡命者相手に実践を積むことになった。相手は弁護過誤で事務所を訴える心配がなかったからだ。

サリーは自分に腹を立てた。自信を持って、責任を持って、文朝を導いていく人間になるはずだったのに。

「あなた自身のことを話してください」文朝の声は柔らかかった。

「はい？」

「父さんはお話が好きなの」ヴィニーが言った。

「どのようにして弁護士になったのか、その話をしてほしい」文朝は言った。「そうすれば、あなたがどれくらいわたしの話をする手助けになってくれるのかわかる」

生まれてからずっとサリーは透明性を信じていた。友だち同士が言い争っているとき、サリーはどっちの側につくべきかつねにわかった。より正しい人間というものがつねにいるのだ。たとえサリーほど正しい人間はいないにしても。

十歳のとき、メイドのルイサが夕食の残り物の一部を自分のバッグにしまっているのをサリーは見た。

「お願い」ルイサは懇願した。「娘に食べさせてあげたいの」

ルイサはサリーに自分と同い年くらいの幼い少女の写真を見せた。写真の少女は黒髪と黒い瞳をしており、カメラに向かってほほ笑んでいなかった。「夜になるとお腹を空かせるの。どうかあなたのお父さんには言わないで」

サリーが父親に自分の見つけたもののことを話したとき、父親は当惑していると同時に悲しそうにも見えた。

「その小さな女の子がお腹を空かせているのを目にしたら」父親はサリーに訊いた。「自分の食事をその子と分かち合おうとはしないかい？」

「もちろん、そうする」

父親はほっとした様子だった。「それでいい」これで話し合いは終わったと思ったようだ。

「ルイサをやめさせないと」サリーは言った。「食事を分かち合おうとするかどうかは関係ないよ。盗みは悪いことでしょ」

父親は面食らった表情を浮かべた。そののち、おだやかに娘に言い聞かせようとした。「なにがほんとうに正しいことなのか見分けるのが難しい場合があるんだ。まっとうだと感じることをやらないとならないんだよ」

「ううん」サリーは言った。「ルールを守ることでなにが正しいのか必ずわかる」

「あなたのために最大限の力を発揮して戦います」サリーは言った。「ですが、あなたの話を聞いて、担当者は正しいことをしなければなりません。それが法律なんです」

文朝ははじめてサリーに笑みを向けた。「あなたは強い信念をお持ちだ」

「あなたの信念ほど強くはないです」


サリーは丸二日を費やしてジョアン・オースティン連邦ビルでの文朝の審問の準備をした。申請書類一式に書かれている内容に何度も目を通し、事実上、文朝の話を書類を見ずとも暗唱できるほどになった。

サリーが中華人民共和国での人権侵害の状況および宗教迫害と自由の重要性に関する講義に取りかかろうとした矢先、難民審査官は首を横に振り、サリーに止めるよう伝えた。

「彼は自分で自分の話をしなければなりません」

審査官はブロンドで肌が白く、退屈していた。緊張して、サリーは審査官の顔を見つめ、文朝が亡命を認められる可能性がどこかにないか探った。

「はじめて」審査官は文朝に言った。


見つからないようにわれわれは月のクレーターの陰に隠れた。ときどき風景に溶けこむため、埃のなかに埋もれた。

だが、ある日、猿が、ヒーロー中のヒーローが、われわれのところにやってきた。

「なにをしとるんじゃ？」猿が訊いた。「おんしは人か、虫か？」

「見つかったら」わたしは言った。「追い払われてしまうんだ」

月人たちは、地球からやってきた人間が自分たちの住み処に残ろうとするのをいやがった。たとえ地球の人間が翡翠の床を磨き、絹のドレスを洗い、月人がだれもやりたがらないたぐいの仕事を進んでやろうとしてもだ。月人たちはなんらかの形で価値があると見なした地球の人間しか招待しないほうを好んだ。

「だれもおんしがここにいるのを知らんぞ」猿は言った。「だれでもなりたいものになればいい」

猿がそう言うのは、たやすかった。猿はもっとも偉大な仏僧と道教の賢人について学んでいた。八十一の変身の技を知り、仏陀を訪ねる旅で八十一の悪鬼を打ち倒した。体から一本の毛を抜いて、それを武器に変えることができた。

「われわれみんながあんたのようになれるもんじゃない」わたしは説明しようとした。「あんたは玉皇大帝の十万人の兵をものともしなかった。あんたは山の下に千年閉じこめられてから自分の力で逃れた。だけど、このわたしは、わたしは幼い娘のために最善を尽くそうとしているただの弱い男に過ぎん」

「たわごとだ」猿は言った。「この身についてのその手の話だと？　あれはただの物語にすぎん。おんし自身の話をしてみたらどうだ？」


中国でキリスト教徒でいるのは難しい。事実上、不可能だ。

陳牧師はルイ・ヴィトンのバッグを重ねて覆って、聖書をスーツケースの底に隠してこっそり持ちこんだ。税関職員がスーツケースをあけ、笑い声をあげると自分用に財布を何個かがめ、手を振って牧師を通した。

陳牧師の宣誓供述書は入手できる？

できん。牧師がいまどこにいるのか知らないんだ。

わたしはどこにいたかって？　ああ、そうだな。三年間、われわれ三軲轆《サングル》村の信徒は、陳牧師の家の地下室で祈りを捧げた。その間、金を貯め、自分たちの教会を建てられるまでになった。

われわれは力の限りを尽くして、教会を建てた。とても控え目な建物だった——煉瓦積みの壁、コンクリートの床、わたしのおじの手彫りで刻んだ尖塔、キリストの生涯の絵はわたしの妻が水墨画で描いた。そしてわれわれはみんな順に教会に水漆喰を塗って、TVで見たアメリカの教会のように見えるようにした。床はでこぼこで、なかのベンチは堅く、なんの装飾も施されていなかった。だが、そこは主の館だった。

それが終わると妻とわたしと陳牧師と信徒全員が立ち上がって、教会を見た。われわれはとても誇らしかった。妻は娘を抱いていた。当時まだ生後一カ月にも満たなかった。いずれ神を知るようになる場所を妻は娘に見せた。

その建物が完成した日付はいつです？

ホルダーのなかに——

ご自分で日付を言ってください。ホルダーのなかを見ないで。

——六年まえの三月十五日だ。

なにか証明するものはありますか？

その日付の入った写真がホルダーのなかにある。

教会が完成した三日目、三台の黒いジープが村に入ってきて、教会のまえで停まり、黒めがねをかけた男たちが飛び降りてきた。最後に降りた男は、わたしが知っている男だった——うちの村の共産党書記だ。

その男の名前は？

郭嘉《かく・か》だ。どんな字か書こうか。

「あれはなんだ？」教会をあざけるように見て、郭は訊いた。

「家だよ」陳牧師は言った。

共産党書記は黒めがねを外して、牧師を見た。「貴様がカルトの親玉だな？」

背を伸ばし、誇らしげに陳牧師はうなずいた。「わたしはキリストを信じている」

共産党書記は笑い声をあげた。部下たちは巨大なハンマーとバールとガソリン缶を取りだした。

陳牧師は教会へ向かう彼らの行く手を遮ろうとした。「中華人民共和国憲法は信教の自由を保障――」

部下のひとりが陳牧師の腹を殴り、牧師はあえぎを漏らして地面に倒れた。その男は近づいていき、牧師の頭を蹴った。

「憲法は違法なカルトを守りはしない」共産党書記は言った。

男たちが教会に襲いかかった。壁をばらばらにし、窓を粉砕し、コンクリートの床を割り、いたるところにガソリンを振りまいた。ひとりが妻の描いたキリストの絵を引きちぎってまわり、紙ゴミにした。

「やめて！」妻が叫んだ。近所の人に赤ん坊を預けると、ガソリン缶を持っている男の背中に飛びつき、男の目を掻きむしろうとした。男は悲鳴をあげて、妻を振りほどき、ブーツを履いた足で妻の腹を踏みつけた。妻はぐえっとうめき、動かなくなった。

妻の死亡証明書はファイルのなかにある。

わたしは半狂乱になった。一発いいパンチを食らわせたが、そのあとほかの連中がみんな飛びかかってきて、覚えているのは、たくさんの痛みだけで、やがてなにも感じなくなった。

目が覚めると村の病院にいた。肋骨が六本折れ、両脚が折れ、片方の腕が折れ、肺に穴が開き、脳震盪《のうしんとう》を起こしていた。

その証拠はなにかありますか？　病院の請求書とか？　カルテとか？

いや。そんなものはなにもない。

病院から入手できますか？

病院は村営なんだ。もし証拠を出せと求めたら、連中はわたしの鼻先で嗤って、わたしを精神病棟に閉じこめるだろう。

あなたはなんらかの証拠を提出しなければなりません。

傷痕を見せることができる。ほら、シャツをめくるぞ。

サリー、大丈夫か？　なんでもない。もう痛くないんだ。

やめなさい。シャツをおろして。その傷には日付がない。立証できません。


「残業かい？」若いアソシエイトのあいだではクソ野郎じゃないほうとして知られている、パートナーのジョーダン・キャメロンがサリーのオフィスに顔を覗かせた。

「プロボーノの案件です。今週、もう一度審問に出ないとなりません」

「難民認定の？」

サリーはうなずいた。

キャメロンはオフィスに入ってきて、机のまえに座った。「見せてもらえるかい?」サリーはファイルをキャメロンのほうに滑らせた。キャメロンはすばやく、しかし几帳面にページをめくった。表情はまったく変えなかった。

「どう思われます?」サリーは不安げに息を呑んで、訊ねた。

キャメロンは肩をすくめた、「標準的な物語だ。とてもよくできているが、すごくはない。きみができることはあまりないな。悩まないことだ」

キャメロンはサリーの顔を見て、溜息をついた。「もしアフリカからきた人間なら、男たちはいつもジェノサイドを逃れてきたと言い、女たちはいつも兵士にレイプされ性器をえぐられそうになったと答える。中央アメリカからきたなら、いつも警察とつるんでいるギャングから逃れてきたと言う。中国からきたなら、女たちはつねに政府に強制的に堕胎させられそうになったと言い、男たちはつねにキリスト教徒あるいは反体制派だと答える」

「ほんとに起こったんです」サリーは言った。あまりに頭にきて、自分がパートナーに対して声を荒らげていることを忘れた。「たんなるお話じゃありません」

「ああ、一部の人間にとってはな。だけど、きみの依頼人の場合は必ずしもあてはまるまい」

サリーは後悔しそうなことを口にしないよう唇を噛んだ。

キャメロンは立ち上がった。

「家に帰るんだ、サリー。亡命申請者はみな嘘をつく。きみは彼らの話をとことんまで調べたくはないだろう。仮にずいぶんひどいことが彼らの身に起こったとしても、彼らは嘘をついて国外退去を免れたがっている経済移民の話す物語と競わなければならないんだ。そのため、彼らは自分たちの話にさらにひどい細部を付け加え、われわれが望むだろうと彼らが思う形で脚色する。一方、われわれは、彼らの話を聞いて、自分たちがとてもきちんとしていて、とても安全で、ほかの世界よりずっといいことを裏付けてくれるがゆえに、彼らを信じるんだ。彼らはわれわれが格別であることを確信させてくれるんだ」

サリーはGPS上の小さい点を注意深く見つめながら、道路に沿って車を運転した。新しくペンキを塗り直す必要に迫られている三階建てアパートのまえで車を停めた。

呼び鈴を鳴らしても返事がなかったが、ドアに耳を押しつけると、その向こうの声が聞こえた。ドアノブを試してみた。甲高い音とともにドアノブが回転し、ドアがひらいた。

アパートの一階のドアはあいており、そこからリビングが見通せた。まんなかに紙の箱が積み重ねられ、そのまわりに中国人たちが染みのついたぼろぼろのカウチや金属製の折り畳み椅子や床に座って口々にしゃべっていた。

話の一部は英語でおこなわれており、サリーはいくつかの語句を聞き取った——

……日付を記憶しろ……

……そいつは共産党員だったと言え。連中が聞きたがるのは……

……ひとりでは少なすぎる、三人堕胎したと……

しゃべり声がひとつまたひとつと止まり、一同はサリーのほうを向いた。

サリーは大勢が書類のつまったホルダーを手にしているのを見た。ホルダーの形と色はサリーの見覚えのあるものだった。

文朝は一同の奥から立ち上がり、なにも言わずにサリーの肘をつかんだ。ふたりはドアを閉め、外に出た。


「ということは、あの話はほんとうじゃないのか？」わたしは訊いた。

猿は、けっして諦めない反逆者は、おのれのなかにつねに激しい戦意を抱いている冒険者は、笑い声をあげた。大きく長い笑い声で、夏の蟬の鳴き声のようだった。地平線上の翡翠宮の月人たちが迷惑そうにこちらを見た。

「わたしが子どものころ」わたしは言った。「あんたの物語を読んで、どんなことでも可能だと信じた。娘にあんたの物語を聞かせたい。そうすれば娘も希望を持てるだろう」わたしはおくるみにくるまって眠っているおまえを猿に見せた。「なのにあんたはあの物語は嘘だと言う」

「そうは言わなかったな」猿は言った。「物語は、すべての物語は、おんしが真実だと信じたときにのみ真実になる」

「わけがわからん」

「月人を見ろ」猿は言った。遠くで茉莉花茶を飲み、詩を吟じている美しく着飾った男女の小さな姿を指さした。「やつらは蓬莱山の不死人と西域の賢人の子孫だと自称している。自分たちの詩や絵や気高き土地をどれほど誇りに思っているか見るがいい」

「彼らはまさに非凡だ」

「非凡なのは自分たちが非凡だと信じているからだ」

わたしはわけがわからずに猿を見た。

「連中がどうやって月にやってきたのか知ってるか？」

わたしは首を横に振った。

猿はまた笑い声をあげた。「槐の木を登ってきたのはおんしが最初じゃないし、最後にもならぬだろう。自分の身の上話をしたのはおんしが最初じゃないし、最後にもならぬだろう。月へようこそ。トリックスターの、語り部の、ペテン師の、空想家の、嘘つきの土地に。おんしはこの土地をとてもすばらしいものにしている連中のひとりなのだ」

猿はそのときわたしの腕のなかで眠っているおまえにうなずいた。「その子がほんとうのことだと信じたなら、おんしの物語はほんとうになる」

「おたがいに助け合ってるんだ」

「嘘をつくためにね！」サリーは取り乱した。「どうしてそんなことができるの？」

ふたりは小さな公園のベンチに隣り合って座っていた。文朝はサリーを見た。「われわれはルールに則ってプレーしようとしているだけだ。だれもが物語を持っている。だけど、あなたたちはある種の物語しか聞きたがらない」

「わたしは真実を聞きたいの！」

文朝は笑い声をあげた。大きく長い笑い声で、夏の蟬の鳴き声のようだった。その耳障りな音が最寄りの木の上の雀を驚かせた。「なんでも訊きたいことを訊いてくれ」

「あなたはほんとにキリスト教徒なの？」

「ノー」

サリーは目をつむった。最悪なのは、キャメロンの言ったとおりだと認めることだった。

「あなたの奥さんの死亡証明書は本物なの？」

「イエス」

「イエスかノーで答えるのは止めて。なにがあったのか話して」

「どうでもいいだろ？　あなたはもうわたしの弁護士じゃない」

「わたしにはどうでもよくないの」

文朝は煙草を吸った。

「あなたが見た教会の写真は本物だ。ただし、教会じゃなかった。妻と生まれたばかりの娘のためにわたしが建てた家だった」

サリーは混乱して首を振った。

「アメリカの映画で見た小さな教会の姿が昔から好きでね——とても安全で清潔に見えた。思ったんだ、あんな家を建てるのはどうだ、と。

だが、そのとき、わたしの家が建っている土地をある台湾のデベロッパーが新しい工場用に欲しがった。共産党書記がやってきて、立ち退《の》くよう求めた。わたしは断った。もともと土地はおまえのものじゃない、と書記は言った。土地は人民に属しており、自分は人民の代表として話しているのだ、と。

あなたに話したほかの部分はみなほんとうのことだ。やつらはわたしの家を壊しにやってきて、妻を殺した。あなたに見せた傷痕は本物だ。病院を退院すると、わたしは裁判所にいった。判事はわたしの鼻先で嗤い、わたしを刑務所に放りこんだ。三カ月後、釈放された。わたしは北京にいき、正義を求める嘆願をした。連中はわたしを逮捕すると、村に送り返し、そこでわたしを精神病院に放りこんで、薬漬けにした。わたしは脱出してもう一度北京にいった。今度は持てるかぎりの金を全部はたいて、娘と自分がここにくるための乗船券を買った。これがわたしの話のすべてだ」

「でも、それもひどい話だわ」サリーは言った。「どうして真実を話してくれなかったの？　あなたはほんとうに迫害されたのに」

「なぜなら、『人種、宗教、国籍、あるいは特定の社会集団の一員であること、あるいは政治的見解を理由に』していないからさ」文朝は引用し、長々と煙草を吸った。「だれも奪ってはいけない自分の家を持つべきだと信じていたんだ。この世界にはおぞましい物語がたくさんあるが、法律は一部の話だけ耳を貸す価値があると見なしている」

ある日、ルイサをクビにしてから一年ほどしたころ、サリーはルイサがダウンタウンでバスを待っているのを見かけた。ルイサはずいぶん年を取り、ずいぶんくたびれているように見えた。服は汚れて、皺くちゃだった。

サリーは近づいていって、こんにちは、とは言わなかった。ルイサの娘の様子や新しい仕事のことを訊かなかった。ルイサを見るのを避けて、立ち去った。

「どうするつもりだい？」文朝は訊いた。サリーは車の窓越しに文朝を振り返った。

「まだわからない」サリーは言った。自分が従うことになっているルールのことを考えた──移民法、倫理規定、弁護士という職業の高尚に聞こえる道義。ルールに従うのはつねに可能だ。

「いこうよ」ヴィニーがそう言って、父親の手を引いて車から離した。「猿のお話を最後までして」

数歩歩いてから、ヴィニーは振り返ってサリーに手を振った。「大きくなったら、あなたみたいになりたいな。生きていくためにお話をするの」

サリーは親子が角を曲がって見えなくなるまでじっと見つめていた。

結《けつ》　縄《じょう》

Tying Knots

古者無文字、其有約誓之事、事大、大其縄、事小、小其縄、結之多少、随物衆寡、各執以相考、亦足以相治也。

（古代、文字はなかった。契約や盟約を交わす必要があれば、大きな事柄には大きな結び目をこしらえ、小さな事柄には小さな結び目をこしらえた。結び目の数は契約上の数量に応じていた。記録にはそれで充分だった）

『九家易』——中国の易経研究書、後漢時代（紀元二五年から二二〇年）に書かれたものと思われる——より

天村

精霊はわしらをからかうのが好きだ。わしは記録に残るナン族の歴史上だれよりも生涯で多くのものを目にしてきた。とはいえ、極度の近眼で、ほぼなにも見えないに等しいのだが。

五年まえ、ふたりのビルマ人の商人が、雲を抜けてくる急峻なのぼりに髪の毛から汗を滴らせながら、年に一度の商用の旅で山をのぼってきたとき、ひとりの見知らぬ人間を連れてきた。

見知らぬ男はわしがいままで会っただれとも似ていなかった。われわれの縄倉に男のような人物の記録はなかった。男は背が高かった。いとこのカイより二尺は高かった。カイは村でいちばん背が高い男なのだ。顔の色は白く、血色がよくて、つやつやしており、彩色された阿羅漢像のようだった。青い瞳と金色の髪の毛をして、鼻はとても高く、まるで鳥のくちばしのように顔から突き出ていた。

商人のひとり、ファーが見知らぬ男の名前をト・ムだと紹介した。「とても遠いところからきたんだよ」

「ラングーンくらい遠いところからか？」わしは訊ねた。

「もっと、ずっと遠くからさ。アメリカからきたんだ。ソエ＝ボ村長、あんたが想像もできないくらいはるか遠くなんだ。鷹が休まずに二十日間飛んでもたどり着かないくらい遠い」

それはおそらく誇張した物言いだろう。ファーは法螺話をするのが好きだった。だが、ト・ムが一度も聞いたことのない音楽のような耳障りで断続的な言葉でファーに話しかけたので、なるほどわしの知らない場所からきたのは確かだった。

「ここでこの男はなにをするつもりなんだ？」

「だれにわかる？　おれにはこの人がすることはなにひとつわからん。西洋人はみんな変わっているし、おおぜいの西洋人に会ったことがある。だけど、この人はだれよりも妙ちきりんだ。二日まえにマン・サムに歩いてやってきた。背中にあの荷を背負ってな。あのなかに持ち物を全部入れている。おれとアウンに、西洋人がだれもいったことのない場所に連れていけと頼んできた。おれたちにたんまりはずむと言ったんだ。それで、天村に連れていってやろうと言った。ひょっとしたら阿片王から逃げて、身を隠そうとしているのかもしれないぞ」

ファーは金のためならなんでもやる男で、阿片畑を支配する将軍の逆鱗に触れることまでやってのけた。ときおり、わしら村人は現金のために米を売ることがある。取引するだけの米が収穫できない凶作年にそなえるためにだ。だが、わしらはファーのように金に焦がれはしていない。

もしト・ムが阿片王から隠れようとしているなら、わしらは彼と関わり合いたくなかっならない。用心深く様子を窺って、ト・ムが商人たちといっしょに立ち去るのを確認しなければならない。

だが、ト・ムは逃亡中の男のようにはふるまわなかった。声がでかく、粗野だったが、だれにでも、なににでも笑顔を向けた。たえずひとりかふたりの村人に立ち止まっているよう頼むと、目に小さな金属の箱を押し当てて、カチリという音を立てていた。歩き回り、わしらの小屋や、棚田や野花や野草を仔細に眺め、藪のなかで糞をしている子どもたちの様子すら見ていた。ト・ムのこのうえもなくくだらない質問をファーが通訳してやった――この獣をなんと呼ぶんだ？　あの花の名前はなんだ？　どんな食べ物を食べているんだ？　わしらが育てている作物や野菜はなんだ？　ト・ムは子どものようだった。最低限のことすら知らなかった。一度も人に会ったことがないかのようにふるまっていた。

ト・ムは薬師のリュクを探し当て、札束をちらつかせた。

「病気のこととどうやって手当てをするのかを話してほしいってさ」ファーが言った。

商人たちもときどきそんなふうなコツをリュクに訊くことがあったので、それはト・ムのほかの質問ほど変わったものではなかった。リュクは肩をすくめて金を断ったが、我慢強くト・ムと歩きまわって、薬草や昆虫を指さし、その使い方を説明した。ト・ムは金属の箱を掲げ、何度もカチリと音を立てさせ、手帳になにか書き付けながら、薬草や昆虫を採取し、リュックサックから取りだした小さな透明の袋にしまいこんだ。

われわれナン族は、何千年も山のなかで暮らしてきた。村に伝わる最古の書——数世代ごとに新しい麻縄で結び直され、写しをこしらえられてきた——がわれら一族の起源を記している。はるか昔、われわれの先祖は中国北部にある小さな王国で永年暮らしてきた。戦争が起こり、騎馬侵略者たちは稲田を切り裂き、家を焼き払った。勇敢なサン＝プ翁が生き残った者たちを率いて馬の蹄の音がもはや聞こえないところまで懸命に逃げていき、次の月が出るまで歩きつづけた。われわれはこの山をのぼり、雲の上を自らの住み処に定めた。わしらは世間を煩わせぬし、世間もたいていの場合、わしらを放っておいてくれる。

いま、「たいていの場合」と言ったが、それは毎年、数人の商人が山をのぼってきて、薬や鉄製の道具、絹地や木綿生地、はるかかなたの香料を運んでくるからだ。それと引き換えに連中が望むものはひとつ——わしらがこしらえる米だ。山の麓にあるビルマの村々で育てるどの米とも異なる、大粒でつやつやした米粒は、市場で「天米」として商人たちが売り歩いていた。

商人たちは顧客に天米は純粋な雲のエキスを与えられ、空中で育つのだと説明している。この話を聞いたとき、わしは商人たちに米は山の斜面の棚田で育てており、水は灌漑《かんがい》用水路から引いているのだと説明した。先祖たちがやっていた農法とまったくおなじで、下の村とまったくおなじだ、と。だが、商人たちは一笑に付した。買い手はおれたちの話のほうを好むんだぜ。おれたちの名案のおかげで、客はより多くの金を嬉々として払うんだ。有り体に言うと、商人連中というのは、けっして信用できるものじゃない。

ここ数年、米の収穫は良くなかった。以前ほど雨が降らず、山の頂から流れてくる泉の水量が夏にはちょろちょろこぼれる程度にまで減ってしまった。視力の良い若者たちが言うには、はるか西方の雪に覆われた峰がまるで老人が禿げていくかのように白い髪を失いかけているという。一族の者たちはいまでは以前よりはるかにたくさんの山菜を食べるようになっており、子どもたちは鳥やツパイを狩って家の手伝いをしていた。だが、そうした食料源も減ってきたようだ。

わしは過去数世紀分の雨量と収穫量の記録をあたってみたが、これほどひどい干魃《かんばつ》は記録されていなかった。山の下にある世界でなにかが起こって、こんな事態を引き起こしているのだろうか？

商人たちにそれぞれの考えを訊ねた。

連中は肩をすくめた。「各地で天候異常が起こっているそうだ。中国北部で干魃が起こり、イラワジ川の南までサイクロンが下ってきている。理由なんてだれがわかるね？　そういうふうになっているんだから仕方あるまい」

わしはあす山を長い時間かけて下っていくまえに一晩、泊まっていってくれるようト・

ムと商人たちに申し出た。ファーとアウンはいつも下界のおもしろい話の語り手であり、ト・ムも興味深い話を抱えているように思えた。

手持ちの最後の米を甘い筍と生姜の酢漬けを添えて出した。ト・ムは舌鼓を打ち、わしの料理の腕を褒めそやした。わしはどぎまぎして笑い声をあげた。食事のあと、わしらは焚き火をかこんで車座になり、酒を酌み交わして、雑談に興じた。

ト・ムに生業《なりわい》はなんなのか訊いた。外国人は少しのあいだ黙って座り、頭を掻いてから笑い声をあげると、長いひとつらなりの言葉をファーに言った。ファーは困惑したようだった。肩をすくめると、わしに言った。「病気を研究していて、それを治療するためのタンパク質というものを──一種の薬じゃないかな──こしらえようとしているそうだ。ところが、じつにややこしいんだな。この男が言うには、病人は診ないし、薬も作らないんだそうだ。ただ考えを思いつくだけなんだと」

ということは、ト・ムは、ある種の治療師なのだ。たしかに大変な使命であり、わしは他人を治療したいと願っている人間はみな尊敬している。たとえその者がどれほど奇妙な人間であっても。

わしはト・ムにナン族の古い医書の話を聞きたいかと訊ねた。リュクほど優れた腕を持つものでも、頭のなかにすべての知識を蓄えてはいられない。診たことのない疾病に出会うと、古い医書を繙《ひもと》くことがよくあった。先祖からたくさんの知恵がわれらに託されており、そのなかには薬と毒とのあいだの境界を敢えて越えてみた勇敢な者たちの命を犠牲にして得た知恵もあった。

ファーがわしの申し出を通訳するとト・ムはうなずいた。わしは立ち上がり、医書である結び目の塊を手に取った。縄を伸ばしながら、わしは線に沿って指を走らせ、病の症状や治療方法を読み上げた。

だが、ファーの通訳に耳を傾けるかわりに、ト・ムは目を皿のようにして結縄《けつじょう》本をまじまじと見つめていた。ファーの通訳を途中で止め、指で彼をつついた。ト・ムがひどく昂奮しているのがわかった。

「この男は結縄文字を一度も見たことがないんだとさ」ファーが言った。「あんたがなにをやっているのか知りたいんだと」


商人たちは永年ナン族の結縄を目にしてきて、慣れっこになっていた。わしもまた彼らが紙に印を書いて購入品や在庫の記録をつけているのを見たことがある――チベット族、中国人、ビルマ人、ナガ族――さまざまな商人たちが異なる記号を使っている。みな違っているものの、インクの印は死んでいて、のっぺりして、醜いようにわしにはいつも思えた。わしらは縄を結ぶ。

結縄のおかげでわしらには先祖たちの知恵と声が生き生きと伝わってきた。しなやかで伸び縮みする長い麻縄を伸ばしてひねると、適度の張りと回転を与えることができる。三十一種類の結び目を縄に作ることができ、それぞれ唇と舌の形に対応していて、さまざまな音節を作る。仏教徒の数珠のようにつなぎ合わせることで、結び目が言葉を、文を、物語を紡ぎ出す。発話が実体と形を与えられる。つなぎあわせた縄に手を走らせることで、指のなかに結び手の思いを感じ、自分の骨を通して相手の声が聞こえる。

結び目を作った縄はまっすぐのままにはならない。結び目は縄に張りを加える。自然にとぐろを巻き、捻《ねじ》れ、撚《よ》れ、ある形を作ろうとする。結縄本は、直線ではなく、むしろこじんまりとした彫像に似たものだろう。さまざまな結び目がとぐろを巻いた縄のなかで多様な形を作り、一目で議論の流れと概略、抑揚《リズム》と韻律《ライム》のはっきりとした上げ下げがわかる。

わしは生まれついて目が悪かった。ほんの数歩先しかはっきり見えず、あまり長いあいだ目を凝らしていると頭が痛くなる。だが、わしの指はむかしからすばやかった。子どものころでさえ、さまざまな縄と結び目の特性を学ぶのが早いと親父に褒められたものだ。結び目が縄の張りを変える様子や、その小さな力が縄を押し引きして最終的な形を取らせる様子を心のなかで描く才能があった。ナン族の者はだれでも結縄文字を作れるが、たった一個の結び目が作られるまえに縄の最終的な形を読み取る目を持っているのはわしだけだ。

わしは筆耕係として仕事をはじめ、もろくなり、ばらばらになりかけている、すこぶる古い結縄本を手に取り、結び目の順序を感じて覚え、新しい麻縄で作り直し、すべての結び目、すべての撚りが忠実に再現されて縄が自然にとぐろを巻き、元々の本の正確な複製品になるまでにした。そうすることで村の子どもたちやそのまた子どもたちも過去の声を感じ、学ぶことができるようになる。

やがて父の死後、わしが村長兼記録管理人になったあとで、わしは自分独自の縄を結んだ。商人にだまされぬよう毎年請求される商品の値段や、薬師たちが発見した古い薬草の新しい利用法、気象の型と作付け時期といった実務的な事柄を結縄にした。ほかの事柄も結縄にした。縄を結んだあとのその風情がたんに好きだったからだ。若い男が好きな女の子に歌いかける歌や、暗い冬が明けて真新しい春の陽光が顔に当たる感覚、春祭の篝火《かがりび》のそばで踊るナン族のゆらめく影も縄に結んだ。

グレーター・ボストン　ルート128

ソエ＝ボ用の正規の旅行証明書を発給してもらうのに一年かかった。あちこち頭を下げ、料金の高い弁護士に頼み、賄賂――失礼、特別手数料――を払い、あまつさえ大学卒業以来話したことのなかった国務省勤務の知人たちに再度連絡を取った。

出生証明書を持っていないだって？　ラストネームがない？　地元の軍閥のためにケシを栽培しているって？　この人物についてきみはなにを知ってるんだ？　いいかい、トム、ぼくはきみの現地人呪医《ネイテイヴ・ウイッチドクター》にかなりの便宜を図ろうとしているんだ。やってみる価値はあるんだろうな。

数枚の書類は驚くほどのひどい頭痛を引き起こした。いまがヴィクトリア朝時代だったらいいのにと願った。それならばたがいにあまり気に入っていないふたつの政府の千人もの役人と交渉する必要なく、ジャングルから現地人を連れてこられたのに。

「それはとても長い旅だな」二度目の天村への旅のおり、いっしょにきてもらうよう説得しようとしたとき、ソエ＝ボは言った。「わしには遠すぎる」

ナン族は金には興味を持っていなかった。高額な報酬を約束しても無駄だろうとわかっていた。

「いっしょにきてくれたら、おおぜいの人を治す役に立てるんですよ」

「わしは治療師じゃない」

「それはわかっています。ですが、あなたがやってるあの結縄は……。あなたはおおぜいの人を助けられるんです。うまく説明できません。ぼくを信用してください」

ソエ＝ボは感動していたが、まだ揺らいでいた。そこでぼくは切り札を出した。彼の心にあるとわかっていたもの、彼が欲するはずの唯一のものを。

「干魃のせいで米の収穫が見こめなくなりかけているでしょう」ぼくは言った。「もっと少ない水量で育つ新しい米が手に入るようお手伝いできます。だけど、ぼくといっしょにきてもらわねばなりません。そうすれば新しい種籾《たねもみ》をお渡しします」


ソエ＝ボは予想したようには飛行機を怖がらなかった。そもそも彼はとても小柄な男だったが、用心深くゆっくりとした動きで航空機の座席に収まると、ますます子どものように見えた。とはいえ、彼は落ち着いていた。ヤンゴンに向かうバスのほうがはるかにショックを受けたようだ。自分の力で動き、ひとつの場所からべつの場所へ連れていく金属の箱のなかに座っていたあとでは、空飛ぶ箱はさほど奇妙なものに思えなかったのだろう。

GACTラボ・キャンパスの隣にあるホテルのスタジオ・スイートに落ち着かせるとすぐソエ＝ボは眠った。ベッドは使わなかった。その代わり、キッチンのタイル貼りの床の上で丸くなった。炉床に近いところで眠るというのは本能的な欲求なのだろう。古い人類学の専門書で読んだことがある。

「こんな形になるように縄を結んでもらえますか？」ぼくは粘土でこしらえた小さな型を指し示した。龍の頭部のような形に似ていなくもない。通訳として使っているミャンマー族の大学生は首を横に振った――この一連の仕事自体が学生には馬鹿げたものに思えているにちがいない。いや、ぼくにとっても馬鹿げたものに思えた――それでもぼくの質問を通訳した。

ソエ＝ボは型を手に取り、矯《た》めつ眇《すが》めつした。「これはなにも話していない。結んだところで意味のない戯言になってしまうだろう」

「それはかまわないんだ。縄が自然にこの形になるよう結んでほしいだけなんだよ」

ソエ＝ボはうなずき、縄を撚り、結びはじめた。縄がひとりでにとぐろを巻くと、その結果を型と比べ、縄をまっすぐに伸ばし直して、またとぐろを巻かせた。首を振り、いくつかの結び目をほどき、新たな結び目を作った。

ラボでは、五台のカメラがその過程を記録しており、マジックミラーの向こう側では、十人ほどの科学者たちが身を乗り出して、小柄な男と、すばやい指先の拡大映像に見入っていた。

「どうやってやるんです？」ぼくは訊いた。

「父から教わった。祖父が父に教えたように。結縄文字は祖先からずっとわしらに伝わってきた。わしは千の本をほどき、結び直してきた。縄がどんなふうに結びつきたいのか肌で感じられるのだ」

タンパク質はアミノ酸が連結しあった長い鎖であり、その配列は生細胞の遺伝子によって決定されている。アミノ酸は、疎水性および親水性の側鎖と電荷の違いでわかれ、たがいに押し合い引き合い、水素結合を通じてαヘリックスやβシートのような局所的二次構造を形成する。タンパク質の長い鎖は、無数の極小フォースベクトルに動かされる不安定で、くねり、揺れるものだが、やがて自発的にとぐろを巻き、鎖全体の総エネルギーを最小限にして、三次構造に落ち着く。この最終的な安定した自然な状態がタンパク質に特徴的な形を与える。小さな三次元の塊。モダニストの彫刻さながらに。

タンパク質の形状こそ、その機能を与えるものだ。タンパク質の〝正しい折りたたみ《フォールディング》〟は、さまざまな因子に拠っている——温度や溶媒、多様な介添えをする分子シャペロンなどに。タンパク質が特徴的な形に折りたたまれない場合、狂牛病のプリオンやアルツハイマー病、嚢《のう》胞性線維症のような病気にかかる。だが、正しい形のタンパク質を利用すれば、癌細胞の制御不能の分化を止め、HIVが自己複製するのに必要な細胞経路を塞ぎ、あらゆる種類の難病を治療できる薬が得られる。

だが、アミノ酸の配列の自然な状態を予測するのは（あるいは、翻って、希望するタンパク質の形に折りたたまれるアミノ酸の配列を設計するのは）、量子物理学よりも難しい。たとえアミノ酸の短い鎖であってもなかにある原子に作用するすべての力をしらみつぶしにシミュレーションし、自由エネルギーランドスケープのなかを捜索するのは、もっとも計算能力の高いコンピュータでも音を上げる作業だろう。おまけにタンパク質は数百、時には数千のアミノ酸から構成されているのだ。

もしわれわれが、アミノ酸配列の自然な状態を予測し、折りたたむための正確で速いアルゴリズムを発見することができたなら、医療は、抗生物質の発見以来最大の発展を遂げるだろう。無数の命を救うだろう――しかも、とても儲かるものになるだろう。


たまにソエ＝ボが作業に疲れた様子を見せると、ぼくは彼をボストン散策に連れだした。ぼく自身もそうした散策を期待していた。世界中を歩きまわることで、アマチュア人類学者のようなものになっており、われわれの世界以外に住んでいる人の見せる、われわれが当然のものとしている事物に対する反応を観察するのが好きだった。ソエ＝ボの目を通してこの世を見、なにが彼に衝撃を与えるのか、あるいは与えないのかを発見するのはとても魅力的だった。

彼は摩天楼を風景の一部と見なして受け入れたが、エスカレーターには震え上がった。自動車やハイウェイやあらゆる色の人々が押し寄せてくるのを柳に風と受け流したが、アイスクリームへの驚きは忘れることができなかった。乳糖不耐症だったが、腹が痛くなるのもがまんして、嬉々としてダブルを口にするのだった。紐がついていても犬を敬遠したが、ボストン・コモン公園で鴨や鳩に餌をやって、楽しんでいた。

次にわれわれはコンピュータでのシミュレーションに移行した。ソエ＝ボはマウスの効率的な使用方法を学ぶことができず、画面は彼の目を疲れさせた。そこで、われわれはグラブとゴーグルと適切な触覚フィードバックを備えた3Dシミュレーション・システムを大急ぎでこしらえざるをえなかった。

というわけで、ソエ＝ボは、慣れ親しんだ結び目で作業に取り組まないことになった。鎖の最終形を予測できる彼の能力というのが、たんに一族の厳格な伝承を丸暗記した結果なのか、それともその手法は一般化し、あらたな領域に導いていくことができるものなのかどうか、われわれは見極めねばならなかった。

ソエ＝ボが装着したゴーグルからのビデオ画像を通して彼が空中に浮かんでいるアミノ酸のモデルを操り、隣り合って置かれたそれぞれのアミノ酸の特性を学んでいる様をわれわれは観察した。鎖の塊を揺らし、何本かの直鎖をひっぱって離し、何本かの直鎖を押し集め、側鎖に押しこんだ。ソエ＝ボにとって、それは奇妙なゲームをしているだけのことだった。

だが、まるっきりうまくいかなかった。アミノ酸はソエ＝ボの縄結びとはあまりに異なっており、もっとも簡単なパズルでさえ、彼は解けなかった。

役員会は痺れを切らし、懐疑的になった。「きみはこの無学なアジア人農民が画期的大発見《ブレークスルー》をもたらすと本気で考えているのか？　もし失敗して新聞にでも漏れてみろ、投資家たちはわが社に近づいてこなくなるぞ」

前工業社会の人々の医療知識を発掘してきたぼくの業績をまたしても持ち出してこなければならなかった。言い伝えや迷信の寄せ集めのなかに、見つけだして大きな利益を得るため活用できうる革新的な本物の専門知識が隠されていることがよくある。わが社でもっとも売れている薬は、ブラジルの先住民ティオック族が使っていた蘭から最初に抽出されたものではなかったですか？　ぼくの勘を少しは信用してください。

とはいえ、ぼく自身不安だった。

次の散策で、ぼくはソエ＝ボをハーヴァードのサクラー美術館に連れていった。そこは古代アジアの美術品コレクションを持っている。ナン族は青銅器時代に中国北部のどこかから移住してきたのだとなんとなく理解していた。自分たちの祖先と関係している人々が作った古い土器や青銅器を見ることに興味を抱くかもしれないと思った。

美術館には来訪者がほとんどいなくて、われわれは静かにのんびり見てまわった。ガラスケースに入った大きな三本脚の丸い青銅製の壺がソエ＝ボの興味を惹き、彼はすり足で近づいた。ぼくはあとに従った。

その青銅器は「鼎《かなえ》」と呼ばれるもので、中国の文字と動物のモチーフからなる装飾文様が刻まれていたが、なにかべつのものもあった。比較的滑らかな部分を覆っているかなり細かな線模様だ。ガラスケースの下にある小さな解説文を読む——

中国人は青銅器を保管のため絹やその他の高級繊維でくるんでいた。何世紀も経過すると、布が腐り落ちてしまったあともずっと包装した布の縦糸と横糸のパターンが青銅器の緑青に残ることがある。古代中国の織物に関するわれわれの知識は、ほぼすべてそのような痕跡に由来している。

ぼくは通訳に頼んで、この内容をソエ＝ボに読んで聞かせた。ソエ＝ボはうなずき、もっとよく見ようとしてガラスに顔を押しつけた。美術館の警備員が近づいてきたが、ぼくは手を振って追い払った。「大丈夫。この人はとても目が悪いんだ」

「礼を言う」あとになり、ソエ＝ボは言った。「これを作った人たちは糸で書いていなかったので、この模様は意味不明だ。だが、念入りに糸をたどってみた。とてもかすかだが、彼らの声を聞くことができたよ。こんな古代の知恵を聞ける機会は、たとえ理解できなくとも、すばらしい贈り物だ」

次のセッションのおり、ソエ＝ボはかなり複雑な鎖をうまく折りたたんだ。まるでなにかのコツをつかみ、突然すべてがかちりとはまったかのようだった。二、三のより複雑な鎖で実験を繰り返したところ、ソエ＝ボはもっと速く解いた。

彼はぼく以上に幸せそうに見えた。

「なにが変わったんです？」

「どうやって説明すればいいのかわからん」ソエ＝ボは言った。「わしの結縄書きでは、たがいにとても離れている結び目は相手に影響を与えないんだが、あんたのゲームではそうなっていない。中国の青銅器に残っていた声を聞いたことが役に立った。織布の模様は一本の糸を繰り返し絡ませていくことでできている。だが、いったん網状に織られると、結び目にかかる張力はずっと遠くの結び目でもすべての方向で感じられるのだ。それがこの遊戯をどう考えればいいのかをわからせてくれ、結縄書きについてわしの知っていることを変え、模様に合わせるようにさせてくれた。大昔の声から教えられることがたくさんあったが、まずその聞き方を知らねばならなかった」

うまくいきさえすれば、神秘的な戯言はどうでもよかった。

われわれはソエ＝ボのセッションをコンピュータで再生し、彼の動きを抽象化し、彼の判断を演繹し、彼の試行をシステム化し、すべてをコンパイルしてひとつのアルゴリズムにした。簡単な作業ではなかった。ソエ＝ボの感覚的な動きを精緻化して、明確なインストラクションにするには多大な創造性とハードワークが必要だった。だが、ソエ＝ボの動きを無限の可能性の暗い海を航海する誘導灯とすることで、その試みが可能になった。

ぼくは役員会の面々に「それ見たことか」と言ってやりたい衝動をこらえた。

ソエ＝ボは約束を守ってもらわねばならないということをそれとなくぼくに念押しした。われわれは何カ月もいっしょに作業にあたっており、ぼくは自分たちがうまく進めている作業に没頭しているあまり、すっかり忘れていた。きまり悪くなった。

ぼくはクリスに連絡した。大学院の同期で、おなじ研究室に属していた男だ。クリスはいまイナダイン・アグロ社にいた。さまざまな種類の遺伝子改良米で有名な会社だ。

ぼくは欲しいもののことを説明した――干魃や高地に強く、酸性土壌でよく育ち、多収で、望ましくは東南アジアの一般的な害虫に耐性がある。

「うまく当てはまる品種が二、三ある」クリスは言った。「だけど、値が張るぞ。それに普通はミャンマーのような場所には種籾を売らないんだ。政治的なリスクがあることをべつにして、アジアの多くでは知的財産権を尊重していない。金を払わずに国じゅうでうちの米を育てているのを見たくないな。警察や裁判所が役に立たないのは知ってるだろ。暴力団を雇って農民に特許遵守を強要すれば、イブニング・ニュースで叩かれるのがオチだ」

ぼくは今回便宜を図ってもらえるようクリスに頼み、知的財産権に関するレクチャーに協力することを約束した。

「未認可の種籾の問題に技術的な解決策を組みこむべきかもしれないな」クリスは付け加えた。

ナン族にはその米が必要なんだ、とぼくは思った。世界は彼らのまわりで変わりつつあり、彼らには手助けが必要なのだ。

ぼくは帰国の途についたソエ＝ボに同行し、種籾の入った旅行カバンを運んで山をのぼるのに手を貸した。他人が見たら面白い光景だったはずだ——母国に帰ってきた小柄なアジア人の探検家が道のまえを進み、荷物を抱えたぼくがうしろをよたよたとついていく。風変わりなシェルパのように。

天村

アメリカへの旅の記録と、彼の地で見た驚くべき光景を縄に結ぶのは長い時間がかかった。いまやその記録は一本の棚を丸々埋めており、子どもたちが夜ごともっと話を聞かせてとやってくる。

あのような旅は、ひとりの人間がどれほどものを理解していないのかをわからせる。出発まえ、わしは自分のことを物知りだと思っていた。村にいるだれよりもこの部屋の結縄本を読んできたからだ。だが、いまではもっと分別がある。

アメリカにわしがいくのと引き換えにト・ムにもらった種籾は魔法のように育った。最初の年の収穫はだれの記憶にあるよりも多かった。米は以前の米ほどおいしくはなかったが、なにせたっぷり採れた。盛大な祭りで祝い、だれもが、子どもたちまでも酔っ払った。こんなことを成し遂げて気分が良かった。新しい種籾をもたらし、ふたたび全員の腹を満たす新たな希望を外から持ってきたのは。

次の米作りの季節のまえにト・ムがファーとアウンとともにまたやってきて、いつものように背中に重いリュックサックを背負っていた。それほど昔からの知り合いではなかったとはいえ、わしはト・ムのことを古くからの友人と思っていた。それこそ子どものころから親しい間柄だったかのように。なぜなら、最初に会ったときからわしはとても多くのことを学んでいたからだ。

だが、ト・ムは居心地が悪そうで、落ち着きがなかった。「ぼくがきたのは」彼は言った。「さらなる種籾を売るためです」

「ああ、もう種籾は要らんよ」ト・ムがある種のことについてはとても知識が豊富だが、常識を欠いているのは、なんとか受け入れられるようになっていた。「去年収穫した米からたっぷり種籾を残している」

ト・ムはわしから目を逸らした。「あなたがたが取っておいている種籾は、うまくいきません。発芽しないんです」

ファーはその言葉をうまく通訳できず、ト・ムはもう一度説明しようとしなければならなかった。「その種籾は育たないんです。死んでいます。新しい種籾を買ってもらわないとだめなんです」

そんな話は聞いたことがなかった。種籾が育って稲穂になったのに、その稲穂は種籾をもたらさないなんて、ありうることなのか？

ト・ムはすべての生物のなかには少量のよじれた紐が入っていると説明した。種籾でもわれわれでもおなじで、それを遺伝子と呼び、生き物がどのように育ち、どんな形になるのかを決めるものだという。遺伝子は、読み取ることのできる言葉を形作る小さな塊がつながってできたものだそうだ。

「ナン族の結縄のようにか」わしがそう言うと、ト・ムはうなずいた。

だれかが新しい遺伝子、つまり新しい単語の連なり、すなわち新しい連語を発明し、種にそれを入れると、その種は人々の好む性質を持つようになるかもしれない。その連語が種を貴重なものにする。だが、その連語は発明者に所有されており、もしほかの人々がその種を育てたければ、発明者に代金を支払わねばならない。人々に代金を確実に支払わせるため——とト・ムは説明した——発明者は新しい種が育たないように元の種にさらなる言葉を埋めこまねばならないこともある。かくして、人々は毎年代金を支払うことになる。

「もし発明者の許可無くその遺伝子の入った種を育てようとしたら、発明者から盗んだことになるんです」ト・ムは言った。「たとえて言うなら、発明者の家に入り、鉢入りの米を盗っていくようなものなんです。発芽しない遺伝子は人々を正直でいさせようとするために付け加えられている」

その説明は筋が通らない。もしわしがだれかの鉢入りの米を取れば、その人物はもはや鉢入りの米を持っていないがゆえにそれは盗みと言える。しかし、だれかがわしに力のある新しい連語を教えたとしても、わしはその連語を相手から奪ったわけではない。相手はまだその言葉を持っているではないか。

わしはもう少し理解しようとした。「種籾のなかに結びこまれたあんたのいうその連語にわしらは金を払わねばならんというわけか」ト・ムはうなずいた。

わしがト・ムの遊戯のなかで縄を結ぶのを見ることで助かったと以前にト・ムは話してくれた。「では、わしらの結縄本から言葉を学んだとしたら、つまり、わしらの結縄書きから知恵を学んだとしたら、あんたも毎年わしらに金を払わねばならないのではないか?」

ト・ムは笑い声をあげ、頭を掻いた。いらだっているようだった。「いや、そうは思わない。あなたから学んだ事柄は……古いんですよ。保護されていない、著作権あるいは特許に守られていない」ファーが通訳できない言葉がさらにつづき、ト・ムに説明するようファーに頼む気が失せた。仮にト・ムからさらなる連語を学んだとしても、その代金を払わねばならなくなるかもしれなかった。ナン族から教わるものになんの価値もないとト・ムが考えているのは骨身に沁みてわかった。

わしは愚か者だった。村を助けるために立派なことをしていると思っていたのだが、ト・ムのいうお得な話には、紐がついていた。わしがしたことは、遠くにいる藩王に対する借財を村人に背負わせたことにほかならない。わしらは藩王に年貢を支払わねばならないのだ。わしは天村を阿片王たちと結びついている農民らとおなじくらい低い立場に貶めてしまった。

打つ手はほかになにもなかった。そのため、わしらは現金を得るため商人にかなり多くの米を売った。その現金をト・ムから種籾を買うために使った。

「値段は来年少し上がり、再来年また上がります」ト・ムは言った。「最初の数年は割引きしてもらえるよう友人に頼まなきゃならなかったんですよ。村の経済を拡大する方法を考えたくなるんじゃないかな。そうすれば種籾を買う資金ができ、もっといいものを買う余裕ができるでしょう。薬とかアイスクリームのようなものを」

ト・ムの言葉の一部は筋が通っている、とファーが言った。世界は変わりつつあり、ナン族も変わるべきだ、と。若者のなかには山を下って仕事にありつける者もいるかもしれない。ファーは、都会での綺麗な若い女性を待ち受けている機会のことを知っていた。とりわけ、彼女たちがはるかタイまでいこうとするのであれば。

わしはト・ムとの会話を一冊の本に結んだ。ひょっとしたらこれが未来への警告として役に立つかもしれない。そうすれば、ほかの村人たちがわしのように先が見えず、愚かにはならないかもしれない。

わしらはつづく数年、新しい米とは別にわしらの古い米も少し育てようとしたが、古い米は大量の水を必要とすることから枯れてしまい、新しい米のため、持てるかぎりのわずかな水の大半を節約せざるをえなかった。村人は諦めた。わしは古い米のなかで撚り合っている小さな遺伝子のことを考える。そこにある単語の連なりは先祖からわしらに伝わってきたものだ。それが忘れ去られ、貯蔵袋のなかで埃をかぶっている。将来、もし雨が戻ってくることがあれば、その種籾は育ってくれるのだろうか？

ト・ムは次の年から戻ってこなかった。いまは、米作りの季節のまえに違う男がわしらに種籾を売りにやってくる。

グレーター・ボストン　ルート128

ソエ＝ボの手法に基づいたアルゴリズムは、極めて高い成果を上げた。公表された文献に載っているどんなものよりもはるかに高い成果だった。ぼくの研究を述べた論文は査読にまわっており、弁護士たちが特許申請に対処している。もし万事うまくいけば、これはあらゆる点でぼくが希望していたブレークスルーになるだろう。ぼくのアルゴリズムは、桁違いに創薬速度を向上させ、おおぜいの命を救うだろう。

これがわが社に与える収益への影響を注目する時間はなかったが、役員会への財務責任者のプレゼンテーションはとても好評だった。直接の創薬とライセンス契約から得られる今後十年の利益見積もりは、指数曲線を描いている。

どうやらつぎの発見の旅に出る頃合いだ。行き先はブータンを検討している。

著者付記

人間のパターン認識能力と空間認知能力を利用して、タンパク質フォールディングのための効率的なアルゴリズム探索の支援をするというアイデアは、セス・クーパー他「マルチプレイヤー・オンライン・ゲームでタンパク質構造を予測する」ネイチャー誌四六六号七五六頁〜七六〇頁（二〇一〇年八月五日）で述べられている。

ナン族の結縄文字システムのいくつかの特徴は、ハングル文字およびインカの縄文字《キープ》と中国の結び紐細工民芸をモデルにしている。

太平洋横断海底トンネル小史

A Brief History of the Trans-Pacific Tunnel

麺屋で手を振って、ほかのウエイトレスを追い払い、アメリカ人の女性店員を待った——青白い肌と月のようにソバカスの散った顔、制服の前身ごろがはちきれそうになっているたわわな乳房、肩から流れ落ち、花柄のバンダナで結んでいる長い栗色の巻き毛。新鮮な茶葉のような緑色の瞳は、アジア人のなかではめったに見られない大胆で恐れを知らない笑みを浮かべている。それに彼女の目のまわりの小じわが気に入っていた。三十代の女性には似合っている。

「ハイ」ようやくテーブルにきてくれた。唇を結んで面倒くさそうだ。「ホカノオキャクサンガイルヨ。ナニヲチュウモンスル？」彼女の日本語はとても上手かった。発音はおれよりはるかに良いだろう——もっとも彼女は敬語を使っていなかった。このミッドポイント・シティの日本側でアメリカ人を見かけることはいまだにあまりないが、昭和も三十六年になると(彼女はアメリカ人なので、一九六一年と考えるだろうが)、世相は変わりつつある。

「トンコツ・ラーメンを一杯、大盛りで」おおまかな英語で注文した。そこで自分が喧《やかま》しく粗野な声を出したことに気づく。おれのようなロートルの掘り屋は、かならずしもみながみな耳が遠いわけではないということを忘れてしまいがちだ。「お願いする」と囁き声で加えた。

彼女はやっとおれがだれなのかに気づいて目を丸くした。おれは髪を切り、清潔なシャツを着ており、過去に何度かここにきたときとは様子が変わっていた。この十年というもの、見た目にかまってこなかった。その必要もなかった。ほぼずっとひとりで過ごし、家に籠《こ》もっていたのだから。だが、彼女を一目見て、何年かぶりに鼓動が速まり、おれはそれなりに努力してみたかった。

「いつもおなじものだね」彼女はそう言って、ほほ笑んだ。

彼女の英語を聞くのが好きだ。さほど甲高くなく、ずっと自然な声に聞こえる。

「ほんとは麺類が好きじゃない」ラーメンを運んでくると、彼女はそう言った。質問の形ではない。

おれは笑い声をあげ、否定しなかった。この店のラーメンはひどい代物だ。もしこの店のオーナーが多少はましな人間だったら、日本を離れてミッドポイント・シティに出店するはずがない。太平洋横断海底トンネルを通過する途中で一休みするためここに立ち寄る旅行客は味なんてわかっていなかった。だが、おれはここに通い詰めた。ただ彼女に会うために。

「あんたは日本人じゃないね」

「ああ」おれは言った。「台湾人だ。チャーリーと呼んでくれ」ミッドポイント・シティの建設中にアメリカ人作業員をまとめる仕事をしていたときは、連中にチャーリーと呼ばれていた。福建語のおれの名前を正しく発音できないからだ。で、おれはその響きが気に入って、ずっと使いつづけている。

「わかった、チャーリー。あたしはベティ」彼女は背を向け、立ち去ろうとした。

「待った」おれは言った。どうして突然そんな勇気がこみあげてきたのか自分でもわけがわからなかった。長いあいだ、そんな勇気の要る行動をとったことがなかった。「仕事が終わったら会えないか？」

ベティはおれの提案を考えて、唇を嚙んだ。「二時間後にきて」

『旅行初心者向け太平洋横断海底トンネル・ガイド』ＴＰＴ輸送局（一九六三年刊）

旅行者のみなさま、ようこそ！　今年は太平洋横断海底トンネル完成二十五周年にあたります。今回、みなさまがこのトンネルをはじめて通っていただけることにわくわくして

おります。

太平洋横断海底トンネルは、海底の真下を大圏路に沿ってアジアと北アメリカをつないでおり、上海、東京、シアトルの三箇所に地上ターミナルがあります。トンネルは各都市を結ぶ最短ルートをとっており、環太平洋火山帯に沿って北に弧を描いています。このコースは、耐震性を確保する必要から建設コストが増大するものの、ルート沿いの地熱噴出口とホットスポットを活用でき、トンネルとその支援インフラ——たとえば空調ステーションや酸素発生装置、海底下メンテナンス・ポスト——に必要な電力を生みだしています。

このトンネルは、原理的には、わたしたちだれもがなじみのある現代の建物で社内便配達に使用されている空気管やカプセル送致管の大規模——超巨大——版です。直径六十フィート（十八メートル強）、トンネルにはそれぞれ東行きと西行きの並行する二本のコンクリートに封入された鋼鉄製輸送管が設置されています。輸送管は無数の短い自動防漏式区画に分割され、それぞれに多重空気圧縮ステーションが備わっています。乗客および貨物を収めた円柱形カプセルが、前方の部分的真空によって引っ張られ、うしろから圧縮空気によって押されて進むのです。摩擦低減のため、カプセルは単軌道上を進みます。現在の最高速度は時速およそ百二十マイル（約百九十キロ）で、上海—シアトル間の移動には丸二日と少しかかります。最終的には時速二百マイル（約三百二十キロ）まで最高速度を上げる計画が進行中です。

収容能力と速度と安全性を合わせて考えた場合、本トンネルは、太平洋横断輸送のほぼすべてのニーズに対して、飛行船や飛行機、海上輸送より優れています。嵐や氷山や颱風《たいふう》の影響を受けず、地球自体の無尽蔵の熱に動力を得ていることから、運用コストが非常に安いのです。こんにち、アジア―アメリカ間を移動する乗客および工業製品にとっての主要な手段になっています。全世界のコンテナ輸送の三十パーセント以上がこのトンネルを通っておこなわれています。

太平洋横断海底トンネルの旅をお楽しみいただき、最終目的地までの安全な旅行をお祈りします。

おれは大正二年（一九一三年）、台湾《フォルモサ》の新竹県にある小さな村に生まれた。家族は素朴な農民で、対日抵抗運動にいっさい関わらなかった。親父の見るところでは、本土の満州族あるいは日本人のどちらが支配しているかは、たいした問題じゃない。両方とも徴税時期以外はおれたちを放っておいてくれるからというわけだ。河洛《ホーロー》の百姓は歯を食いしばって、黙々と働くものだった。

政治は、食べるものがたくさんありすぎる連中のものだった。それに製材会社の日本人作業員のことをおれは昔から気に入っていた。昼飯時にキャンディーをくれたからだ。おれたちの目に入る日本人の入植者家族は、上品で、良い服を着て、とても教養が高かった。かつて親父は言ったものだ。「もし選ぶならば、次に生まれ変わるときには日本人になって戻ってきたい」

おれが子どものころ、日本の新しい首相が方針を変更する旨を発表した——植民地の現地人は天皇の赤子《せきし》に、皇民になるべきだとされた。台湾総督府は、全員が通わねばならない村校を設立した。それなりに頭の良い男の子たちは、以前は日本人しか入学できなかった高校に入り、さらには日本で勉強できるようになる期待を持てるようになった。日本にいけば輝かしい未来が待ち受けているかもしれなかった。

けれども、おれは良い生徒じゃなく、日本語の習得もあまりうまくいかなかった。漢字の読み方を多少学んでから畑に戻ることで満足していた。親父やその親父とおなじように。

おれが十七歳になった年（昭和五年、西暦では一九三〇年）に、洋服姿のひとりの日本人がうちの村にやってきて、熱心に働き、不平を言わない若者たちの家族に富を約束したとき、すべてが変わった。


おれたちはミッドポイント・シティの中心、フレンドシップ広場をそぞろ歩いた。おれたちがいっしょに歩いているのを見て、数人の通行人——アメリカ人と日本人ばかり——が目を瞠《みは》り、小声で何事かを囁いた。だが、ベティは気にしていなかった。その無頓着さはおれにも伝染《うつ》った。

ここ、太平洋海底の下数キロの場所では、シティの時計によれば午後遅い時刻で、まわりのアーク灯が最大限の明るさを発揮していた。

「ここを通っているといつもナイターを見にきている気がするの」ベティは言った。「夫が生きていたとき、あたしたちは家族で何度となく野球を見にいった」

おれはうなずいた。ベティはいつも夫の思い出を口にする。夫が弁護士だったと話してくれたことがある。南アフリカでの仕事のため、カリフォルニアにあった自宅を離れ、出張先で死んだのだ。彼が弁護している相手のことを気に入らない人間が一部にいたせいで。

「夫のことを〝人種の裏切り者〟と呼んだのよ」ベティは言った。おれは無理に詳しい話を聞こうとはしなかった。

子どもたちはもう充分大きくなって独り立ちしたので、ベティは教養と見聞を広めるため世界を旅していた。日本行きのカプセル列車が、ミッドポイント・シティで停車し、乗客が途中下車して写真撮影をするための標準的な一時間の休憩を取ったとき、ベティは市内の奥まで入りこんでしまい、出発に間に合わなかった。彼女はそれをひとつの徴《しるし》ととらえ、シティにとどまり、世界が自分に教えてくれる教訓はなんなのか確かめるため待つことにした。

そんな生活が送れるのはアメリカ人だけだ。アメリカ人のなかには、ベティのような自由な精神の持ち主がおおぜいいる。

おれたちは四週間にわたって会った。たいていはベティの休みの日に。ミッドポイント

・シティを歩きまわり、話をした。おれは英語で話すほうを好んだ。礼儀正しさとか上品さといったことをあまり考えずにすむからだ。

広場の中央にある青銅の銘板のそばを通りすぎるおり、おれは銘板に刻まれた自分の和名を指し示した――林拓海《はやしたくみ》。村校の日本人教師は、名前を選ぶのに協力してくれた。おれは名前の漢字が気に入った――「拓《ひら》け、海を」。その選択はまさに先見の明があった。

ベティは感銘を受けた。「それはなかなかすごいことね。トンネルで働くのがどんな様子だったのか、もっと話してほしいな」

おれたちロートルの掘り屋はいまではあまり残っていない。肺を突き刺す熱く湿った埃を吸いながら、何年も重労働を重ねて、内臓や関節に目に見えない被害を被ってきた。四十八歳でおれは友人たち全員におさらばを告げた。みんな病に倒れたのだ。おれは自分たちがいっしょに成し遂げたものの最後の記憶管理人だ。

昭和十三年（一九三八年）、おれたちがこちら側とアメリカ側を隔てている薄い岩壁をついに発破で吹き飛ばし、トンネルを完成させたとき、おれは開通式に招かれる現場監督のひとりになるという機会に恵まれた。発破掛けの地点はおれたちがいま立っているところから真北の主トンネルのなかで、ちょうどミッドポイント駅を越えたところだとベティに説明した。

おれたちは、シティの大半の台湾人が暮らしている地区の外れにあるおれの集合住宅に着いた。上がっていかないかと誘ったところ、ベティは応じた。

おれの部屋は広さ八畳のワンルームだが、窓がある。ここを買った当座は、ミッドポイント・シティにしてはとても贅沢な部屋だとみなされた。この街では、むかしもいまも、空間が高い価値を持っているからだ。年金の大半を抵当に入れて、ここを買った。どこかに引っ越したいとはまったく思わなかった。たいていの人間は畳一畳分の棺桶みたいな部屋で済ましている。だが、アメリカ人の目には、ここはとても狭くて、みすぼらしく見えるだろう。アメリカ人は広々としてでかいものが好きな連中だ。

おれは茶を淹れた。ベティと話しているととても心が和らぐ。おれが日本人じゃないことを彼女は気にしていないし、なんの先入観も持っていない。彼女はアメリカ人の習慣としてハッパを取りだし、おれたちはわかちあった。

窓の外では、アーク灯が薄暗くなっていた。ミッドポイント・シティの夜だ。ベティは立ち上がり、もういかないととは言わなかった。おれたちは話すのを止めた。空気が緊張したが、期待のこもったいい感じにだった。おれは手を伸ばして彼女の手に触れ、彼女はそれを許した。その触れ合いは刺激的だった。

『すばらしきアメリカ』ＡＰ通信編（一九九五年刊）より

一九二九年、建国したばかりの脆弱な中華民国は、国内の共産主義者の反乱に重点的に取り組むため、中日相互協力条約を締結することで日本に歩み寄った。その条約で満州のすべての中国領土を日本に正式に割譲し、そのことで中日全面戦争の可能性が回避され、ソ連の満州への野心を押しとどめた。これは日本の三十五年間の帝国主義的領土拡張のなかで頂点となる事態だった。台湾、韓国、満州を帝国に組みこみ、協力者中国を自陣に引きこむことで、日本は豊富な埋蔵量を誇る天然資源と廉価な労働力、工業製品の数億人分の潜在的市場を手中に収めた。

国際社会に向かって、日本は、これ以降、平和的手段によって列強として上昇をつづけていくつもりであると発表した。しかしながら、英国および米国が先導する西欧列強は、懐疑的だった。これらの諸国は、とりわけ、日本の植民地政策の理念である〝大東亜共栄圏〟に警戒した。これは日本版モンロー主義のようなもので、アジアから欧州とアメリカの影響力を排除する意欲を示唆していた。

ところが、西欧列強が日本の〝平和的上昇〟を抑え、封じこめることができないでいるうちに、大恐慌が襲った。聡明な裕仁天皇は、その機会をとらえ、ハーバート・フーヴァー大統領に、この世界規模での経済危機の解決策として太平洋横断海底トンネル構想を持ちかけた。

仕事はきつく、危険だった。毎日、作業員たちは怪我を負い、ときには死んだ。おまけにとても暑かった。完成した部分では、空気を冷やす装置が設置された。だが、実際の掘削作業がおこなわれているトンネルの最前線では、おれたちは地球の熱にさらされ、下着姿で滝のように汗をかきながら作業した。作業員たちは人種別にされていた——朝鮮人、台湾人、沖縄人、フィリピン人、中国人（方言別にさらに分けられた）がいた——だが、しばらくすると、おれたちはみなおなじ姿になった。汗と埃と泥にまみれ、目のまわりだけ白く皮膚が覗いている姿に。

地下暮らしに慣れるまで長くはかからなかった。ひっきりなしに聞こえるダイナマイトや油圧ドリルの騒音、循環する冷却空気のうなり、ほの暗く黄色いアーク灯のちらつき。寝ているときも次の時間帯の作業がおこなわれていた。しばらくするとだれもが聴力に支障をきたすようになり、おれたちはたがいに話すのをやめた。いずれにせよ、話すことはなにもなく、ただただ掘るだけだった。

だが、給料は良かった。おれは給料を貯め、実家に仕送りした。もっとも、帰省は論外だった。おれが働きはじめたころ、トンネルの先頭は上海—東京間の半分を過ぎていた。掘削屑を上海まで運搬する蒸気列車に乗って地上に戻るには、一ヵ月分の賃金が必要だった。そんな贅沢をする余裕はなかった。掘り進むにつれ、帰省の旅はますます時間がかかり、ますます高価になっていった。

自分たちがいまやっていることについてはあまり考えないのが最善だった。頭の上にある何マイル分の水のことや、アメリカにたどり着くため地殻を抜けるトンネルを掘っているという事実などを。こんな条件下にいると一部の人間は気がふれ、自傷したり他人を傷つけたりしないよう抑制しなければならなかった。

『太平洋横断海底トンネル小史』TPT輸送局（一九六〇年刊）より——

大恐慌のときの日本国首相浜口雄幸は、裕仁天皇が太平洋横断海底トンネルを思いついたのは、アメリカのパナマ運河建設の取り組みに触発されたのだと主張している。「アメリカはふたつの大洋をつなぎあわせた。では、日米両国で、ふたつの大陸をつなぎあわせようではないか」と天皇は言ったそうだ。「では、日米両国で、ふ」フーヴァー大統領はエンジニアとしての教育を受けていたことから、やる気満々になり、世界的景気後退の対策としてこの計画を支持した。

このトンネルは、疑問の余地なく、人類が考案したなかで最大の土木計画である。その規模たるや、エジプトのピラミッドや万里の長城がたんなる子どもの玩具に見えかねぬほどで、当時のおおぜいの評論家は、自信過剰の愚行、現代のバベルの塔だと批判した。

このトンネル以前に輸送管と圧縮空気はヴィクトリア朝時代から書類や小包の配達に用いられてきたものの、重たい品物や乗客の気送管輸送は、二、三の市内地下鉄の実証プログラムで実演されていたにすぎなかった。このトンネルに求められている並外れた土木工学が多くの技術進歩を産み、すばやくトンネルを掘るための指向性爆薬のような関係する主要な技術以外のものまで生まれることがよくあった。わかりやすい一例を挙げると、計画開始時にはそろばんと帳面を手にした数千人の若い女性が工学的計算をおこなうための計算者として雇われていたのだが、計画の終了時には、電子コンピュータが彼女たちに成り代わっていた。

合計すると、全長五千八百八十マイル（九千四百六十キロ強）のトンネル建設に、一九二九年から一九三八年まで十年かかった。およそ七百万人が従事し、日本と合衆国が大量の労働者を提供した。最盛時には、合衆国の十人に一人の労働者がトンネル建設に雇われていた。百三十億立方ヤード（約十兆リットル）以上の残土が掘りだされた。パナマ運河建設時に取り除かれた量のおよそ五十倍にあたり、中国の海岸線伸張と日本本土およびワシントン州ピュージェット湾埋め立てに用いられた。

ことが終わり、おれたちは手足を絡ませて、布団の上でじっと横になっていた。暗闇のなか、彼女の鼓動が聞こえ、この共同住宅にはなじみのないセックスと汗の臭いは、心地良いものだった。

彼女は息子の話をした。アメリカでまだ学校に通っているという。バスに乗って、アメリカの南部諸州を友人とともに旅しているところだそうだ。

「その友だちの何人かは、黒人《ニグロ》なの」ベティは言った。

何人か黒人の知り合いはいた。彼らはミッドポイント・シティのアメリカ側で独自の居住区を持っており、自分たち以外の人種をほぼ寄せ付けないようにしていた。日本人のなかには、西欧料理を調理させるのに黒人女性を雇っている家族がある。

「きみの息子が楽しいときを過ごしているといいな」おれは言った。

おれの反応にベティは驚いた。おれのほうを向いて、目を瞠ると、笑い声をあげた。

「それがどんなことなのか、あなたには理解できないのを忘れてた」

彼女はベッドの上で上半身を起こした。「アメリカでは、黒人と白人は分離されているの――住んでいるところ、働くところ、通ってる学校も別々」

おれはうなずく。聞き覚えのある話だ。ミッドポイント・シティの日本側でも、各人種は自分たちでかたまっている。高等人種と劣等人種がいる。たとえば、日本人だけがいけるレストランやクラブがたくさんある。

「法律では、白人と黒人はいっしょにおなじバスに乗れることになっているけれど、その法律は国の大半で遵守されていないのがアメリカの秘密。うちの息子とその友人たちはそれを変えたいと思っている。あの子たちは意見を表明するためにいっしょにバスに乗るの。人々にアメリカの秘密に関心を払ってもらうために。白人しか座らないことになっている座席に黒人が座っているのを見たいとは思っていない人たちがいる場所でバスに乗っている。その人たちが怒って、集団行動をとったら、暴力的で危ないことになりかねない」

それはとても馬鹿げたことに思えた――だれも聞きたくない意見を表明するということ、おとなしくしたほうがいいときに口をひらくことは。数人の坊主どもがバスに乗るだけでなんの違いが生じるのだ？

「それがなんらかの違いを生じさせるかどうかわからない、だれかの心を変えるかどうかわからない。だけど、そんなことはどうでもいいの。あの子が意見を表明する、黙っていない、それだけであたしには充分。あの子はアメリカの秘密をほんの少しだけ守りにくくしている。それは充分価値があることなの」ベティの声は誇らしげで、そうしているときの彼女は美しかった。

ベティの言葉を考えてみる。口をひらく、自分たちが知らないことに対して意見を表明するのは、アメリカ人の強迫観念だ。ほかの人間があえて黙っていようとしたり、無視したり、忘れている事柄に関心を惹きつけるのが正当なことだと信じている。

だが、ベティがおれの頭に吹きこんだイメージを一笑に付すことはできなかった――暗闇と静寂のなかに立つひとりの青年。彼は口をひらく――その言葉は泡のように膨れあがる。泡は破裂し、世界はほんの少し明るくなり、息が詰まるような静寂がほんの少しざわめく。

日本では帝国議会に台湾人と満州人の議席を認めることが議論されている、と新聞で読んだ。英国はアフリカとインドでまだ現地人ゲリラと戦っているが、いずれ植民地の独立を認めざるをえなくなるだろう。世界は確実に変わってきている。

「大丈夫？」ベティが訊いた。彼女はおれの額から汗をぬぐってくれた。身体をずらし、エアコンの空気がもっとおれに当たるようにしてくれた。おれは身震いした。外では巨大なアーク灯照明が点いておらず、まだ夜明けがきていなかった。「また悪い夢？」

あの最初の夜以来、幾晩もともに過ごしてきた。ベティはおれの日常を乱したが、ちっともかまわなかった。片脚を棺桶に突っこんでいる男の日常に過ぎない。大洋の下で、暗闇と静寂のなかで永年ひとりで過ごしてきたおれをベティは生き返らせてくれた。

だが、ベティといっしょにいることで、おれのなかで凍結されていたものも解凍されてしまい、記憶がこぼれ落ちていった。

どうにもがまんできないなら、朝鮮から男たちのためにやってきた慰安婦がいた。だけど、一日分の賃金を払わねばならなかった。

おれは一回だけ試した。おれたちはふたりともとても汚れており、相手の女は死んだ魚みたいにじっとしていた。それ以来一度も慰安婦を利用したことはない。

ダチの話では、女の子たちのなかには、自分の意思できたのではなく、帝国陸軍に売られたものもいるそうで、ひょっとしたらおれの相手はそんな女性だったのかもしれない。あまり気の毒には思わなかった。おれは疲れ切っていた。

『初心者向けアメリカ史便覧』（一九九五年刊）より――

そしてだれもが職を失い、パンとスープを求めて並びはじめたちょうどそのとき、日本がやってきて、こう言った。「ヘイ、アメリカ、このどでかいトンネルを掘って、おそろしくたくさんの金を稼ぎ、大量の労働者をやとって、景気をまた上向きにしようじゃないか。どう思う？」その考えはみごとにツボを押さえていて、だれもが「ドウモアリガトウ、ジャパン！」となったんだ。

さて、そんな良いアイデアが浮かんだとき、すぐに現金化できるチップをもらえるものだ。それが翌一九三〇年に日本がやったことだ。でかいガキ大将ども――おっと、〝列強〟のことだぜ――が、各国の戦艦と空母の建造数を定めるロンドン海軍軍縮会議で、日本は合衆国と英国と同数の船の建造許可を要求した。で、合衆国と英国は、かまわない、と答えた。（注1）

この日本への譲歩は、結果的に一大事になった。日本の首相、浜口雄幸と、彼がそこからどのように日本が〝平和的上昇〟を目指すのか繰り返し話していたことを覚えているかい？　そのことは日本国内の軍国主義者や国粋主義者をひどく苛立たせた。なぜって連中は浜口が日本を売ろうとしていると思っていたからだ。ところが、浜口が前述の印象的な外交勝利をあげて帰国すると、英雄として称賛され、国民は、彼の〝平和的上昇〟政策が日本を強くすると信じはじめたんだ。ひょっとしたら浜口なら軍事大国に変わらずとも西欧列強に日本を対等に扱わせることができるかもしれないと国民は考えた。そのあと、軍国主義者や国粋主義者は、支持を失っていった。

その大変成果の挙がった会議、ロンドン海軍軍縮会議の席上、でかいガキ大将たちは、ドイツを骨抜きにしていたヴェルサイユ条約の屈辱的な条項もすべて破棄した。英国と日本は自分たちなりの理由でどちらもこれを支持した――両国ともドイツが自分たちのことを相手より好きだと考えており、いつかアジアの植民地に対する世界的な論争が巻き起こったなら、ドイツが同盟国として加わってくれると考えたんだ。だれもがソ連を警戒しており、ドイツを北極熊に対するある種の番犬にしたがった。(注2)

シャワーを浴びながら考えてみるべき事柄

一、多くの経済学者がトンネルを史上はじめて実現したケインズ理論に基づく景気刺激計画であり、大恐慌を短縮したと評している。

二、トンネルの最大のファンはおそらくフーヴァー大統領だろう――その成功によって前代未聞の四期連続大統領を務めた。

三、日本軍がトンネル建設中、おおぜいの労働者の権利を侵害したのは、いまになってわかっているが、その事実が表に出るのに数十年かかった。本書の参考文献で、本件に関する何冊かの本をリストアップしている。

四、トンネルは海上輸送の仕事を多数奪い去る結果をもたらし、太平洋岸の多くの港が潰れた。そのもっとも有名な例が、一九四九年に起こった。英国が香港を日本に売ったのだ。英国はこの港湾都市がもうさほど重要ではないと考えたのだった。

五、世界大戦（一九一四～一九一八）は、結果的に、二十世紀最後の地球規模での〝国家間の本格的武力戦争《ホット・ウォー》〟になった（いまのところは）。われわれは弱虫になったのだろうか？　新たな世界大戦をはじめたがるものはいるのだろうか？

昭和十三年（一九三八年）にトンネルの主要工事が完了したあと、おれは八年まえに出てきて以来、はじめて帰郷した。ミッドポイント・シティからの西向きカプセル列車の窓際の席を買った。二等席だ。列車の移動は滑らかで快適だった。カプセル内は乗り合わせた乗客の小さな声と、空気に押し出されるときのかすかなシュッという音以外、静かだった。若い女性の車内販売員が飲み物や食べ物を積んだカートを押して、通路を行き来していた。

一部の頭の良い会社が管内に沿って広告スペースを買い、窓の高さに絵を描いた。カプセルが動くにつれ、窓から数センチ先のところにある絵が勢いを増して通り過ぎ、溶け合い、無声映画のように動きだす。乗り合わせた乗客とともにおれはその目新しい効果に催眠術にかかったようになった。

上海の地表に上がるエレベーターには恐れおののき、気圧の変化で耳のなかが弾ける感じがした。そのあと、台湾に向けて出る船に乗る時間となった。

一目では自分の故郷だとわからなかった。おれが仕送りした金で両親は新しい家を建て、土地をさらに買っていた。うちの家族は金持ちになり、村は騒然とした町になっていた。兄弟や両親と話をするのが難しくなっているのに気づいた。とても長いあいだ離れていたので、彼らの生活をあまり理解できず、自分がどう感じているのか彼らに説明できなかった。おれはトンネルでの経験で自分がどれほど頑なになり、感情が麻痺しているのかわかっていなかった。目にしたことのなかには、それについて話せない事柄もあった。ある意味で、自分が亀になった気がした。なにかを感じずにすむよう甲羅に包まれているみたいだった。

帰郷するよう父が手紙を寄越したのは、嫁を見つける適齢期をおれがずいぶん過ぎていたからだ。おれは熱心に働き、健康を損ねず、口を閉じたままだったので——また、台湾人であったことで、日本人と朝鮮人を除くほかの人種よりも上だと考えられていたせいもあり——着実に昇進して、班長から現場監督になっていた。金は持っていたので、故郷の町に落ち着けば、良い家庭を築けるだろうと思われていた。

ところが、おれはもう地上での暮らしを想像できなくなっていた。太陽の眩しい光を久しく見ていなかったので、外に出ると新生児になった気分だった。なにもかもとても静かだ。怒鳴ってしゃべるのに慣れていたせいで、おれが口をひらくと、みな目を丸くした。それに、空と背の高い建物には目まいがした――海の底の、窮屈で限られた空間に、地下にいるのに慣れているあまり、見上げると息が苦しくなった。

おれは地下にとどまり、トンネルに沿って真珠のようにつながっている中継都市のひとつで働きたいという希望を口にした。若い女性たち全員の父親の顔がその考えに険しくなった。そんな彼らを非難はしない――自分たちの娘にけっして陽の光を見ずに、残りの半生を地下で過ごさせたいと思う親がいるものか。父親たちはたがいに小声で、あいつは頭がおかしいんじゃないかと囁き合った。

おれは家族に今生の別れを告げ、ミッドポイント・シティに戻ったときはじめて家に帰った気になった。地球の中心の温もりと騒音に囲まれたときに、安全な甲羅に包まれた気分がした。駅のホームに兵士たちの姿を見たとき、ようやく世界が正常に戻ったとわかった。ミッドポイント・シティを拡張するための支トンネルを完成させるためにやらねばならない仕事がまだたくさんあった。

「兵士」ベティが言った。「ミッドポイント・シティにどうして兵士がいたの？」

おれは暗闇と静寂のなかに立っている。なにも聞こえず、なにも見えない。喉まで言葉がこみあげてくる、膨れあがった洪水がいまにもダムを決壊させようとしているかのようだ。おれは長いあいだ、ほんとうに長いあいだ口をつぐんできた。

「記者を嗅ぎ回らせないようにそこにいたんだ」

おれはベティに自分の秘密を話した。おれの悪夢の秘密を。これまで長い歳月、一度も口にしたことのない話を。

景気が恢復すると、人件費が高騰した。トンネルの掘り屋のような仕事をやろうとするほど向こう見ずな若者はますます少なくなった。アメリカ側での工事の進捗が数年にわたって遅くなり、日本も大差なくなった。中国でさえ、この仕事を欲しがる貧しい農民が減ってきたようだった。

陸軍大臣東條英機が解決策を打ち立てた。満州および中国でソ連の援助をうけた共産党員のゲリラ活動を帝国陸軍が平定したことにより、大勢の捕虜が出た。彼らを作業に当たらせることができた。無料でだ。

捕虜がトンネルに連れてこられ、通常の作業員と入れ替わった。現場監督として、おれは兵隊一分隊の協力を得て、捕虜の監督をした。彼らは惨めな様子だった。鎖で繋がれ、裸で、案山子《かかし》のように痩せていた。連中は危険な様子にも、狡猾な共産主義者の山賊にも見えなかった。共産主義者の平定は順調に推移しており、共産主義者はいまではそれほどの脅威ではなくなったといつもニュースで流れているのに、どうしてこんなにたくさんの捕虜がいるのだろう、とおれはときどき不思議に思った。

連中はたいてい長続きしなかった。ひとりの捕虜が仕事中に息を引き取ったのが見つかると、その死体は足枷を外され、兵士が数回銃で撃つのだった。そののち、逃亡を試みた結果死んだと報告するのがつねだった。

奴隷労働に関与しているのを隠すため、おれたちはやってくる記者たちを主トンネルの作業から遠ざけつづけた。捕虜たちはおもに支トンネル掘削に使われていた。中継都市や発電所を建設するため、さほどちゃんと事前調査がおこなわれず、危険度の高い場所で働かされていた。

あるとき、発電所一基のための支トンネルを掘削しているときに、調査で検知できなかった軟泥と水の溜まりに作業員が穴をあけてしまい、支トンネルに水が溢れはじめた。大量の水が主トンネルに入りこむまえに、急いで破れた箇所を塞がねばならなかった。おれはほかのふたつの勤務時間帯の作業員たちを起こし、第二の鎖に繋がれた作業員たちに砂袋を持たせて支トンネルに送りこみ、破れた箇所封印の支援をさせた。

捕虜の警護担当分隊を預かる伍長がおれに訊いた。「万一連中が塞げなかったらどうする？」

伍長の言わんとすることは明白だった。たとえ送りこんだ修理作業員たちが失敗したとしても、けっして水を主トンネルに入りこませてはならない。確実にそうするためにはたったひとつしか方法はなかった。水が支トンネルを流れずに溢れかけており、時間切れが近づいていた。

おれは予備部隊としてうしろに控えさせている鎖で繋がれた作業員たちに支トンネルのまわりに、先に送りこんだ男たちのうしろに、ダイナマイトをしかけるよう指示した。そんなことはやりたくなかったが、ここにいるのは鍛えられた共産主義者のテロリストであり、いずれにせよ死刑判決をすでに受けた身だろうと自分に言い聞かせた。

捕虜たちはためらった。おれたちがやろうとしていることを理解し、やりたがらなかった。のろのろと作業する者もいれば、ただ突っ立っているだけの者もいた。

伍長は捕虜のひとりを撃つよう命じた。これによって残りの捕虜たちは作業の手を早めた。

おれはダイナマイトを爆発させた。支トンネルが崩れた。瓦礫と落ちてくる岩が入り口をほぼ埋めたが、まだ上の方に若干の空間が残っていた。こちらに残っている捕虜たちに、のぼって空いたスペースを封印するよう指示した。おれ自身も彼らに手を貸すためのぼった。

　爆発音は、先に送りこんだ捕虜たちになにが起こっているのか知らせた。鎖に繫がれた男たちが重たい足をひきずりながら戻ってきた。嵩を増す水を撥ね上げ、暗闇のなかをこちらにたどり着こうとやってくる。伍長は兵士たちにその捕虜の数人を撃つよう命じたが、残りの捕虜は足を止めず、鎖で繫がっている死んだ仲間の死体をひきずりながら、おれたちに通してくれと懇願した。彼らは瓦礫をのぼってこちらに近づいてきた。

　鎖の先頭にいた男は、おれたちからほんの数メートルしか離れておらず、小さな開口部からこちらに届く支トンネルに残った照明が投げかける光のなかに恐怖で歪んだ顔が見えた。

「お願いだ」男は言った。「頼むから通してくれ。おれは小銭を盗んだだけなんだ。死ぬほどの罪は犯していない」

　男はおれに福建語で話しかけた。おれの母語で。そのことにおれは衝撃を受けた。この男は台湾の常習犯罪者なのか、満州出身の中国人共産主義者ではなく？

　男は開口部にたどりつき、岩を押しのけはじめ、開口部を広げて、通り抜けようとした。伍長がおれに怒鳴って男を食い止めさせようとした。水嵩が増していた。男の背後でほかの鎖につながれた捕虜たちが男に手を貸そうとのぼってきた。

　おれは手近の重たい岩を持ち上げて、開口部にしがみついている男の両手にそれを叩きつけた。男はぎゃっと叫んで、うしろに倒れ、ほかの捕虜たちを道連れに落ちていった。

水が跳ねる音が聞こえた。

「急げ、もっと急ぐんだ！」崩壊したトンネルのこちら側にいる捕虜におれは命令した。開口部を塞ぎ、後退すると、あらたにダイナマイトをしかけ、封印を確実にするためにさらなる岩を吹き飛ばした。

その作業がやっと終わると、伍長は残っている捕虜全員を撃ち殺すよう命じ、おれたちはさらに吹き飛ばした瓦礫の下に彼らの死体を埋めた。

大規模な捕虜の暴動が起こった。彼らはトンネル建設計画の妨害を試みたが、失敗し、自害した。

これがこの事件についての伍長の報告書であり、おれは自分の名前もそこに署名した。それがこの種の報告書の書き方だとだれもが理解していた。

おれは通してくれと懇願した男の顔をとてもよく覚えている。その顔がきのうの夜夢に見た顔だ。

夜明け直前の広場はがらんとしていた。頭上には、ネオンの広告看板が高さ数百メートルのミッドポイント・シティの天井からぶら下がっていた。看板はとっくに忘れられた星座と月のかわりをしていた。

おれが鏨《たがね》を金槌で叩いているあいだ、ベティは予期せぬ通行人が通りかかるのを見張っていた。青銅は堅い素材だが、おれは掘り屋として培った昔の腕を鈍らせていなかった。すぐにおれの名前の漢字が銘板から消え、滑らかな四角い痕だけになった。

おれは小さめの鏨に持ち替え、彫りはじめた。意匠は単純だった——繋がりあっている三つの楕円。鎖だ。これはふたつの大陸と三つの大都市を繋ぎ合わせるリンクであり、その声を永遠に押し殺され、名前を忘れ去られた男たちを繋いでいた足枷だった。ここには美しさと驚異があると同時に恐怖と死がある。

金槌をひと打ちするたびにおれは自分のまわりの甲羅を削り落としていくような気がした。麻痺した感情を、沈黙を削り落としていく。

秘密をほんの少しだけ守りにくくしている。それは充分価値があることなの。

「急いで」ベティが言った。

涙が滲んで目がぼやけてくる。と、突然、広場のまわりで明かりが灯った。太平洋海底に朝がきた。

（注1）一九二二年のワシントン海軍軍縮条約では、合衆国、英国、日本の主力艦比率を5：5：3に定めていた。この比率を日本は一九三〇年に修正させた。

（注2）ドイツに再軍備を認めたことも、ドイツ政府に大きな安堵をもたらした。峻烈なヴェルサイユ条約、とりわけドイツの国力を弱体化させる様々な条項が多くのドイツ国民を激怒させ、

一部の人間をドイツ国家社会主義者党という名の膝を曲げず脚を高く上げて進む歩き方《グースステップ》で行進するならず者集団に加わらせた。この党はだれもかれもを怖れさせた。ドイツ政府も怖れていた。そうしたヴェルサイユ条約の条項が破棄されると、ならず者政党は一九三〇年におこなわれた次の選挙で支持を失い、徐々に消えていった。連中は、いまじゃ文字通り歴史の脚注の存在でしかない、ほら、こんなふうに。

心智五行

The Five Elements of the Heart Mind

タイラ

　五十二日目

　こちらはタイラ・ヘイズ二等科学士、まだ生存中、まだ記録中。

　ひょっとしたらだれもこの記録を見てくれることはないかもしれません。でも、ほかにやることがないの。この脱出ポッドでひとりきりだと。

　――ぼくはここにいるよ。

　ありがと、アーティ。あなたをおろそかにするつもりはなかったの。あなたは大きな助けになってくれてきた。あなたはだれもが願ってやまない最高のパーソナルＡＩ。ただ、ほかの人が……生き延びていさえすればと願っているだけ。

　――きみはこの二十四時間、ひっきりなしに動き回ってきた――ひとところをいったりきたりし、輾転反側《てんてんはんそく》している。エネルギーの使用を控えることを勧めるね。もう糧食が三分の一になっている。

あなたと記録機を充電する電気を発生させるために、わたしは首紐にあなたの容器をぶら下げたまま動きまわる必要がある。覚えているでしょ？

――それにしてもぼくのエネルギー必要量をはるかに上回る動きっぷりだし、きみのいつもの行動パターンにも合致していない。なにがあったんだい？

――タイラ？

水の再生処理装置。

――さらに処理速度が低下したの？

きのう完全に停まった。

――では、一日じゅう飲んだふりをしていたの？　わけがわからないな。

三日まえに直し方がわからないと言ったでしょ。あなたの気分を悪くさせたくなかったの。

――なるほど。じゃあ、SEED探査株式会社には、次の版のリリースのため、AIプログラミングのこの欠陥の原因を詳しく調べるよう推薦する。

あなたって、とんでもなくオプティミストなんだから。まだ未来の計画を立ててるのね。だけど、ハイパー無線スキャンには、救命艇の影も形も映っていない。

——驚くことじゃないな。ダンデライオン号はあまりに急激に構造的完全性を失ったので、船橋《ブリッジ》が遭難信号を出す時間があったとは疑わしく、なおかつ、この脱出ポッドの無線は亜光速でしかない。調査船の二百六十五名の男女がすでに死んでいることすら、十中八九、だれも知らないだろうね。

まもなく二百六十六名になるだろうな。

五十三日目

アーティ、もしここでじっと待ちつづけていたら、まもなく喉の渇きで死んでしまう。ポッドに残されている動力を全部使って最後のジャンプをして、居住可能な惑星のない太陽系に出ておしまいになってしまうかも。助言は？

——サバイバル・シナリオを集めたぼくのデータベースには、きみの現在の状況のパラメーターに少しでも似ている該当例はなにもない。

ここはまさにわたしの父さんがよく口にしている、「自分の直観《ガット》を信じろ」の出番だな。

——きみの心は脳のなかに存在していて、消化管《ガット》のなかにはない。

父さんに助言をもらいにいくと、いつもおまえはあらゆることを過剰に分析して、自分の直観を充分に信用していないと言われた。名誉を求めて地球の昔から続いている大学のひとつにいくべきか、それとも銀河周縁地域のけんかっ早い無名の成金が提供する奨学金を受けるべきかと訊ねたら、「勘で決めろ」。宇宙旅行の仕事のほうが給料がいいので専攻を航宙学に変更するか、それとも重力のあるところで暮らすのが好きだからテラフォーミング学にこだわるべきか訊いたら、「勘で決めろ」。

——あまり役に立つ人には聞こえないな。

実際には、父さんと話をするだけで、物事を違う観点から見られることがよくあって、そうすると正しい決断が明白になってくるようなの。おまえは自分がどんな気持ちなのかデータばかりいつも欲しがっているので、男の心配をする必要はないなと言って、よくわたしをからかっていた……。

——タイラ？

ああ、父さんが恋しいな、アーティ。いまほんとに恋しい。

きみが泣いているときに使うのに相応しい言葉として、ぼくのデータベースに合致するものはないんだ、タイラ。すまない。

五十四日目

失望に呑みこまれてはいられない。理性を保たないと。

事実——わたしは最寄りの人類居住世界から六十光年以上離れたところにいる。

事実——水はあと一週間もたない。

事実——まもなく救命者が現れると考える理由はない。
事実——脱出ポッドは五光年のハイパースペース・ジャンプを一回こっきりする動力が残っている。
事実——その範囲内にはたったひとつ恒星系があり、居住可能な惑星があるかもしれない——ティコ409第一惑星。そこは未調査だ。
結論——理にかなった唯一の行動は、イチかバチか、そこへジャンプしてみることだ。
父さん、もしこの記録が届くことがあれば、愛してる。

ファーツォン

空が突然割れ、雲のなかから明るい筋が飛び出してきて、おれにまっすぐ向かってきた。おれのまわりで空気がぱちぱちとはぜ、鍛冶屋の炉のように熱が上昇した。目をつむっていても眩い炎の筋が頭上を通過したのが見えた。すると、水がとてつもない大音声をあげ、巨大な波がおれをカヌーから放りだして、湖に投げこんだ。

太陽のように明るく、族長の家のように大きなぴかぴかの鉄の球が、いきなり水中から浮かび上がったかと思うと、大きな音を立てて水を飛ばしてまた沈みこんだ。

さきほどまでおれは穏やかな水の上にいて、少しの塩漬けの李茶で、腹のなかの野火を鎮め、肺のなかの未加工の鉄を精錬し、体を無為《ウーウェイ》に戻したいと願っていたが、神々は別の計画を持っていたようだ。おれは懸命にカヌーに戻り、櫂をこいで球に近づいた。神々はなにを心に抱いているのだろう？　おれはもうたっぷりと鉄と火を持っているのに、神々はさらにたくさん送りつけてきたのか？

近づくと、プカプカ浮かんでいる球にはへこみやでっぱり、取っ手や円形の扉や窓の輪郭がいっぱいあるのが見えた。球から発せられる熱がまわりの水を蒸気に変えており、球は湖の上を漂う雲に浮かんでいるかのように見えた。正気を取り戻すと、おれは取っ手のひとつに縄を結びつけ、球を陸まで曳《ひ》いていけるようにした。

岸に近づいていくと、オウタイ族長が大勢の村人とともにおれを出迎えるためそこにいた。みな火の球が空から落ちたのを目撃したにちがいなかった。

オウタイ族長は目を細くして言った。「ファーツォン、そいつは空飛ぶカヌーだ、わしらの先祖の空飛ぶ大方舟とおなじような」

子どものころから、おれたちの木製のカヌーが水の上を進むのとおなじくらい易々と星々のあいだを滑空する空飛ぶ方舟に乗って始祖たちがやってきた伝説を聞かされてきた。親が子どもを寝かしつけるため話している数々の話が真実である可能性はあるんだろうか？

空飛ぶカヌーは湖の岸辺の柔らかな泥に鎮座していた。突然、球の一部分、円形の扉が冷たく白い光で輝きだした。見守っていた多くの人間があえいだ。

「離れておれ」オウタイ族長が叫んだ。「なかになにがおるのか知れたもんじゃない！」

だが、おれは族長の言葉を無視した。その円形の扉のへこみに両手を突っこみ、全力でまわした。てのひらと指の皮がまだ熱い鉄の表面に触れてジュージューと音を立てた。おれはその痛みに歯を食いしばって、扉をまわしつづけた。

おれの下腹、丹田《タンティエン》、心《ハート・マインド》智の住み処は冷静なままだった。おれの向こう見ずな勇気は、おれの体がまだ均整を欠いている結果かもしれないが、丹田は、自分の行為に意味があると感じ、正しいと感じていた。

扉がひょいとひらき、水に落ちた。

なかには二十代とおぼしき若い女性の意識を失っている姿が見えた。おれと同年代だ。女性は明るい赤毛とそばかすだらけの白い肌をしていた。唇が乾き切って、ひび割れていた。

だれもが見守るなか、おれは彼女を自分の小屋に運んだ。だれも一言も話さなかった。

二日間、おれは眠っている彼女に水を与えつづけた。彼女は魚のように水をがぶ飲みしたが、目をあけはしなかった。

自分の額を彼女の額に押し当てる。おれがあけたときの空飛ぶカヌーの扉のように熱く感じられた。手首を握る。指の火傷を通してすら、彼女の脈が激しく飛び跳ねているのが感じられた。罠にかかった兎のように。

熱に浮かされた夢を見つつ、彼女は眠りながら輾転反側し、叫んだ。彼女の言葉はたった一語を除いて、まったく聞き取れなかった――短い音節の単語で、それを繰り返し口にしていた。病気の譫妄《せんもう》状態のなかで、成人した男や女がそんなふうに両親の名を泣きながら口にするのをおれはよく目にしていた。彼女も親を求めて泣いているのだろうか？

彼女は空からやってきたかもしれないが、それでもそんなに変わっているわけではない。

しかしながら、彼女の病はおれの腕では治せなかった。

おれはオウタイ族長のところに駆けていき、彼女のそばまで連れてきた。族長はわれらの最高の治療師だ。

族長は彼女の横に座ったが、触れようとはしなかった。

「ひょっとしたら、この女が目を覚まさないのは神々の意思かもしれん」

族長の言葉におれは恐れおののいた。

「空飛ぶカヌーに使われていたような鉄をいままでに見たことがあるか？」族長が訊く。

おれは両手に鉄の扉の重さを感じたときのことを思い返した。軽く感じた。予想していたよりはるかに軽かった。なのに空からの墜落を耐え抜くほど信じられないくらい強いにちがいなかった。この世の最高の鍛冶屋でもあのような鉄を鍛えることはできないはずだ。

「わしらは祖先の智慧の多くを忘れてしまったのだよ、ファーツォン。この女の目にはわしらは野蛮人も同然かもしれぬ。この女はわしらに大きな危険と悲しみをもたらすやもしれぬ」

おれは眠っている彼女の姿を見た。おれにわかっているのは、彼女が病気であり、無力だということだけだった。おれにわかっているのは、なにが正しいかということだけだった。

「おれたちはこの人を救わねばなりません」おれは言った。

族長は溜息をつき、彼女の右手首内側の脈点に三本の指を置いた。半眼になり、彼女の生命力のあらゆる微妙な動きに意識を集中させる。

「火が多すぎる……鉄が弱い……木も多いな……だが、待て、これは……？」

おれは息を呑んだ。

「この女の丹田は、空だ……！」

オウタイ族長は眉をしかめた。玉の汗が額に浮かぶ。華奢な体がぶるぶる震える。族長は彼女の体のなかでせめぎ合っている元素の隠れた主因を検知しようと集中していた。

ようやく族長は手首を離し、額の汗を拭った。ほとんど立っていられないような様子だった。

「この女のなかには、空《くう》があり、そこに諸々の元素が押し寄せたのだ。いま元素は優位を争って混沌のなかで戦っている。わしらはそこに経路を通し、釣り合いを取らせ、この女の心智の消えそうな光をふたたび煌々と灯してやらねばならぬ」

族長は口頭で、おれに複雑な治療方法を伝えた。

タイラ

五十六日目

粗い布にくるまって目を覚ました。ひどい熱。お腹を殴られたみたいに胃がむかむかする。嘔吐した。何度吐いたかわからない。

首のまわりを手探りする。なじみ深い首紐と重さが消えていた。アーティがいなくなっていた。

わたしはパニックに襲われ、必死に毛布のまわりをまさぐり、愕然として、泣き出した。床まで届く丈のローブを着た男が部屋に駆けこんできた。わたしを慰めようとしたが、言ってることはちんぷんかんぷんだった。一言もわからなかった。そのとき、男はわたしが両手で首のまわりのなにもない空間をむなしく探っているのを見た。男は走り出て、戻ってきて、アーティのケースをわたしに手渡した。

とても嬉しくて、わたしはアーティのケースにキスした。

――そんなにぼくに執着していたとは知らなかった。思うに……感動したよ。こうなれば、きみの脱出ポッド操縦の技倆についてコメントするのは差し控えよう。

いまやこの世界であなたがたったひとりの友だちだよ、アーティ。

たぶん、あの男、ほかのものたちがファーツォンと呼んでいるのを聞いたんだが、彼も信頼できるだろう。いまあの男の言語を解読している途中なんだが、ぼくを外していたのは、きみをもっと心地よく眠らせるためだったはずだ。

彼はわたしに鉢に入った苦いスープも飲ませようとした。ひどい味だった。首を振って拒もうとしたけど、彼はしつこく飲ませようとした。彼の黒い、温かい瞳をじっと見て、言うことを聞いたほうがめんどうじゃないと決めた。

彼は高い頬骨とたくましい顎をして、長いまっすぐな髪を重たい絹のカーテンのように背中に垂らしている。笑顔もすてきだ。歯の手入れを欠いていることを見て見ないふりをすれば。彼を信用したい。

――きみがいま言及した特徴は、きみの結論と密接な関連があるようには思えないな。父さんははじめて会って十秒以内に相手から受けた印象は終生変わらないとよく言ってた。でも、あなたの言うとおりね。わたしは一度も第一印象を信用したことがない。もっとデータが要る。

それでも、吐いているとき、わたしの髪の毛にかからないように彼が支えていてくれたのはありがたかった。わたしの頭を抱きかかえ、歌を歌ってくれたのも。彼の声は低くて深く、ダンデライオン号のエンジンの心安らぐ作動音のようだった。

さあ、もっと眠らないと。

五十八日目

胸が悪くなる苦いスープがさらに。

さらに多くの人々がわたしとあの男――ファーツォンを訪ねてきた。だれもが友好的で心配してくれたけど、ここのテクノロジー・レベルが不安だ。ここの照明は蠟燭なの！――ティコ409第一惑星にコロニーがあった記録はない。ひょっとしたら、ここの連中は身を潜めている犯罪者なのかも。

ありがと、アーティ。あなたっていつも安心させてくれるね。

胃はだいぶんましになってきた。デンプン質の団子みたいなものを二口、三口食べようとすらした。ファーツォンはわたしが弱りすぎて嚙めないのを見た。すると彼はその食べ物を自分で嚙み、嚙み砕いたものをわたしに食べさせた。ええ、わかってる。また胃がむかむかしかねないので、そのことをあまり真剣に考えるつもりはない。

ファーツォン

「スープの材料を教えてくれないかね？」

あまりに驚いたので、薬湯の鉢を落としそうになった。その声は奇妙な訛りがあった。

歳を取ってからここの方言を学んだ沿岸の村出身の男のような訛りだ。その声は女性の首にかかっている黒いお守りから発せられた。彼女にとってとても大切なお守りだった。

「怖がらないで」その声がつづけた。「ぼくはタイラの手伝いをしているんだ」

「彼女の名前はタイラなのか？　それからおまえの名前はなんだ？」

「ぼくはＳＥＥＤ探査株式会社が製造した人工知能で、モデル名ＭＬ―１０６７Ｂだ」

「なんだと？」

「アーティと呼んでくれ」

タイラがこのお守りのことをとても大事にしているわけがわかった。彼女の友の家なのだ。

精霊と実際に話をするのはすばらしかった。しかもその精霊はおれから学びたがっているのだ！　おれはすっかり恐縮しながら、慎重に薬湯のさまざまな中身を説明した。同時に、五行相生相克原理に薬湯の中身がどのように従っているのかも説明した。

アーティはおれが説明しているあいだなんら言質を与える音を発しなかった。賛成も反対もしていないようだった。

タイラ
五十九日目

そんなことありえないわ、アーティ。

――分岐分析を複数回おこなった。ファーツォンと彼の一族の話している言葉は、英語の方言だ。標準英語からは千年以上まえに分岐したものだけど。ジャンプシップはできてから一世紀も経っていない。どうやってファーツォンの一族が千年も孤立していられたの？

――それはぼくの専門領域外の質問だ。

ほかになにか見つかった？

――音声分析と彼らがきみに与えている薬に基づいて、九十五パーセントの確度で、彼らが文化的には圧倒的に中国系である原始集団の子孫であると推定する。ほかの文化の影響も若干入っているけれど。たぶん孤立のせいで、彼らの技術的発展は後退したんだろう。ここから脱出するのは困難だろうということね。

六十二日目

なんとか長く起きていられるようになって、ファーツォンと話すのに多少進歩した。アーティにまだ通訳してもらわなければならないけど、いくつかの単語や文章は聞き取れた。ファーツォンはとても辛抱強くつきあってくれた。何度も自分の言葉を繰り返し、ゆっくり喋ってくれた。彼の言ってることを理解しようとするのは、わたしに解決しなければならない具体的な問題を与えてくれることでもあり、それがわたしを冷静にさせ、自分が文明から数光年離れたところに釘付けになり、見知らぬ者たちのなかでひとりきりである事実を忘れさせてくれた。

わたしたちの世界と準拠枠がかけ離れており、アーティを通してだとまだニュアンスをあまり伝えられないでいることを考慮に入れると、ファーツォンと話していてとても気持ちが安らぐのに驚く。

——ぼくはベストを尽くしてる。

わかってるって。もちろん、ファーツォンがわたしに興味を抱いているのはわかる。ときどき、わたしをじっと見つめているのに気づいている……でも、これはけっしてうまくいかないな。わたしの最優先の目標にすべきもの——生き延びて、故郷に帰ること——の妨げになる。わたしは論理的でいなくちゃ。

——きみはぼくがいっしょに働いたすべての人間のなかで、合理性と安定性では最上位にランクインしているよ。

その状態をわたしが維持するよう願いましょう。この岩から飛び立つには、慎重に考えなければならない。

——ここの連中に関する新説があるんだ。オール＝ネットから切り離されているけど、ぼくのデータベースのなかで、千年ほどまえに地球から派遣された相対論的速度でのみ推進できる古代の宇宙船に関する言及を見つけた。人々が地球上の生命が絶滅の危機に瀕していると信じて、混乱が生じていた時期だ。

その話、読んだことある！　そうした脱出宇宙船の背景には、絶望的な信念があったって。宇宙航行に向いていない船でどうにか旅を生き延びたとしても、船に乗っているわずかな人口では、先進技術に基づく文明を何世代も維持するのは疑わしいな。

ファーツォンの一族はそんな船が生き延びた最初の確認例になるでしょうね。

――到着に要した数世紀のあいだに、鉄工より進んだすべての知識を失ってしまったようだ。

アーティ、ファーツォンはあなたのことを一種の精霊だと考えている。彼の一族の精神には、合理的知識で充ちているべき空間に迷信が埋まってきたんだと思う。

六十四日目

――かなり良くなっているよ。あれはとても深刻なバクテリア感染だったんだ。

それがわたしの被《こうむ》ったもの？

――きみの症状はぼくのデータベースにある説明と一致している。何世紀もまえ、きみの祖先たちが地球に閉じこめられていたとき、たいていの人体は無数のバクテリアの生息地だったんだ。バクテリアは腸管のなかや皮膚の上や髪の毛に巣くい、頻繁に病気をもたらしていた。

ぞっとする！

——結局、きみたちはそうした寄生生物を管理する技術を開発した。そしてきみたちが星々への移動を開始したとき、人類が新しい世界で新鮮なスタートを切れるように、古代の疾病から永久に逃れられるように、残っている黴菌をすべて根絶するための真剣な努力を払ったんだ。

ファーツォンの祖先たちはたぶんそれほど入念じゃなく、病原菌をここに持ちこみ、それがわたしに取り憑いたのね。あのおぞましいスープになにが入っていたのか知ってる？あのおかげでわたしは良くなった気がしているのだけど。

——たんにきみが自分の力で恢復した可能性のほうが高い。あのスープには抗生物質やその他の知られている薬物成分は入っていなかった。彼らの医学理論は、東洋の神秘主義に由来する昔から怪しまれていた迷信に基づいているようだ。

ファーツォン

タイラは、自分もおれとまったくおなじように死すべき存在であると断言したけれど、ときどきそれを疑っている。彼女の肌は生まれたての赤ん坊のようにすべすべで、顔の造作ときたら、まるで霧と露だけ飲んで育ったかのように繊細で優雅だった。傷ひとつなく、欠けているところひとつない。現実の女というより、絵に描いた女のようだ。

「わたしは生まれたときから遺伝子治療と現代医療を受けてきたし、わたしが生まれた惑星の重力は、ここより軽いの」どれほどきみが特別なのか指摘すると、タイラは言った。言われた言葉の多くがわからなかったし、アーティは必ずしもいつも通訳できるわけではなかった。

そのため、彼女の言わんとしていることは、自分が天使として生を享《う》けたということだと考えた。空飛ぶカヌーが落ちてきたとき、彼女は死すべき者として生まれ変わったのだ。なぜだ？　おれにはわからない。だけど、そう思うと感動した。

「もっとましな味のする食べ物は手に入らない？」タイラが訊いた。「これまで食べてきたものは、味がないか、苦いかのどちらかしかない。なにか甘いものが欲しくてたまらないの」

「でも、きみは多すぎる火を持ち、鉄が少なすぎる」おれは言った。

タイラはおれがなにを話しているのかさっぱりわかっていなかった。辛抱強く、おれは説明した。「きみの体の五元素は、五つの味と対応している――鉄は苦く、木は酸っぱく、水は塩っぱく――」

「海みたいに」タイラはつぶやいた。彼女は徐々におれたちのような喋り方がうまくなっていた。

「──ああ、そのとおり。火は甘い、土は美味い。最初きみを空飛ぶカヌーから運びだしたとき、きみの丹田は不思議なことに空っぽだった。五元素がきみのなかで支配権を争っていた。きみは病気になった。きみのなかに火が多すぎたから。そのため鉄が抑えられ、そして体内の系のほかの部分が均整を欠いてしまった。過剰な木を削るため、鉄の領地を恢復させようともっと苦みをきみに食べさせなければならないんだ」

　タイラの表情は強ばっていた。

「もちろん、人はみな異なっており、正しい治療は、その人固有の性質に従った配合の元素で道をつけ、正しく導かねばならない。きみの性質は火なので、いまとなれば多少の甘みは益をもたらすだろう。火は、火の過剰を修復するために用いられることがあるんだ」

　タイラは顔を両手にうずめて、額をごしごしとこすった。しばらくして、彼女は顔を起こした。「ファーツォン、わたしの出身の場所では、世界はあなたの言うように動いているとはもうだれも考えていないの。体は生物学的機械であり、病気は刺激異物による機能不全であり、科学的医療介入と遺伝子修復が必要だとわたしたちは知っているの……」

　タイラの声は穏やかだったが、彼女の口調は相手を見下すようなものだった。彼女がわれわれの薬を信用していないのがわかった。実際に彼女を良くしたのだけど。

　おれは腹が立ったし、少し悲しいどころではなかった。治療に関するわれわれの知識は古代の智慧に基づいているけれど、試行錯誤と経験を通してこの技を改善しようとつねに懸命に努力してきた。われわれの歴史では、空飛ぶ方舟に乗ってやってきた最初の祖先たちは、薬草の種と処方書を持ってきたと伝えている。薬草のなかには生き延びたものもあったが、多くが枯れてしまい、祖先たちはこの新世界で代わりになるものを探さねばならなかった。

毎世代ごとに、勇敢な男と女がさらなる治療法を発見しようとして死んだ。個人の独自の性質に合わせた元素の混合率を見出す技術に磨きをかけた。オウタイ族長自身、薬草や鉱物を自分の体で試して何度も病に倒れてきた。タイラの侮蔑はそうした者たち全員に失礼だった。

タイラはおれの顔に浮かんだ表情を見た。「ごめんなさい、ファーツォン。なぜあなたの薬が効いたのかわからないの。それで苛立っている。筋が通らない」

「きみに腹を立てたくない」おれは言った。「だから、おれは心を空にするため塩漬け李茶を少し飲んで、おれの丹田の釣り合いを取り戻す。きみも少し飲まないか？」

タイラはため息をついて、うなずいた。おれの茶碗から茶を口に含み、タイラは笑みを浮かべた。

「なにを考えているんだい？」おれは訊いた。

「父がいつも言ってたの、飲み物を分け合う妨げになる言い争いなどありえない、と。いま、やっと父が言わんとしていたことがわかった」

ふたりともその意見にまったく同意した。

タイラ

百十日目

中世の技術だけでこの岩から飛び立つ方法はあるのだろうか？　そんなふうに質問するだけで、わたしは絶望して諦めたくなる。

ファーツォンの目を通して自分を見ようとした――紙に記号や図形を書き、輝く岩や稀少金属《レアメタル》の存在について彼に問いかけることで自分の時間の多くを費やしていた。彼はわたしの頭がおかしいと思っているに決まっている（あるいはわたしが魔女だと）。

目に見えていらいらしているわたしの気分を変えようとして、ファーツォンはわたしを釣りやハイキングに連れていってくれる。そこで捕まえたり集めたりしたものをわたしたちは食べる。

――そんなにたくさん生の殺菌されていない食物を摂取しつづけるのは賢明なこととは思えないな。

わたしに選択肢がたくさんあると思う？　実際のところ、未処理の食物からなるここの料理が気に入ってきたの。確かに、魚やハーブやマッシュルームは故郷の栄養バランスのとれた食事とは比べものにならないけど、舌を楽しませるある種の野性の風味があり、食事のために働いたあとだと食べ物はお腹にうまく収まる。

それに食べ物についてファーツォンが話してくれるのを聞くのは楽しいんだ。彼はあらゆることに物語を持っている——この魚は腎臓に良くて、緑色のおしっこをする男の子にこの魚を処方してやったことがあるとか、あのベリーはわたしの火の心に良く合っていて、冬に寒がって飢えていた雛鳥にそれを与えてやったものだとか、ここのマッシュルームは鉄の領域のもので、幼いころ勇気を得ようとして食べたものだとか。

ときどき、そうしたハイキングが終わらなければいいと願った。

ファーツォン

銅鑼《どら》を激しく打ち鳴らす大きな音がタイラとおれの静かな会話を中断した。おれたちは小屋から走り出た。

「火事だ、火事だ!」だれもが西の方向を見た。モクモクと濃い煙が空に立ち上っていた。今年の夏は例年と異なり、暑くて乾燥していた。風が強く、すぐにも山火事を村に運んでこようとしていた。

族長はみなをまとめて湖へ避難させようとした。おれはいっしょに水際まで駆けていけるようタイラの手を取ろうとした。

だが、彼女は動かなかった。彼女は駆けだしている村人たちや、不安を慰めてほしくて泣いている怯えた子どもたちを見まわした。

「家や収穫物はどうするの？」タイラが訊いた。

「打つ手はない」おれは言った。「火事は止められない」

タイラは近づいてくる炎を見た。そして振り向いておれを見た。

「あの火事は止められる」

彼女の目のなかのなにかが、彼女の心のような燃える琥珀が、この人の言うことは信用できるとおれに告げた。

驚いたことに、この数カ月で彼女をすっかり気に入ったオウタイ族長も彼女の言うことに耳を傾けることにした。

タイラは村人たちに指示して、村の西にある細長い畑の一画を片づけさせた。「全部切り倒して。燃えるようなものはなにも残さないで」

「だけど、この風だと、あの力強い炎はかんたんに細長い畑を飛び越えてくるだろう」

「その心配はしないで」タイラは言った。「あの一画の反対側から自分たちで火を熾《おこ》すの」

頭がおかしい、とおれは思った。もう火は充分にあるじゃないか？

だが、オウタイ族長はたいまつをつかみ、タイラのあとにつづいて、細長い畑を横切った。「この娘は空からやってきた」族長は落ち着いて言った。少しして、ほかの村人たちもあとにつづいた。

火事の本体がますます近づいてきた。煙が空気を充たし、ついで熱が充たした。雑草はとても乾いていたため、おれたちの新たな火は唸りを上げて燃え上がった。だが、畑から帰ってくる親を歓迎している子どものように、村から火事の本体に向かって駆けていき、あとには炭になった木の幹やなにもない焼け払われた地面だけが残った。

われわれの火事が本体の火事と合流するころには、村人のまえには長さ一里のなにもない細長い土地が出来上がっていた。火事は猛り狂ったが、それ以上は近づけずにいた。村人たちは喝采した。

「どうして？」おれは驚異の面持ちでタイラを見た。

タイラは大きな火事は頭上の空気を熱し、それに向かってより冷たい空気を引き寄せるのだと説明した。こちらから自前の火事を起こしたとき、大火事の力があらたな火事を引き寄せ、防火帯をこしらえたのだという。

「きみは魔法使いだ」おれは言った。

「簡単な物理よ」タイラは言った。「火を使って火と戦う、それってあなたがわたしに教えてくれたことでもあるでしょ？」そのときおれは彼女が炎に道をつけ、正しく導いたのだとわかった。われわれの薬が彼女のなかの炎に道をつけ、正しく導いたのとおなじように。

彼女の笑みを見ていると、おれの心はそれ自体の炎に充たされた。

タイラ
百四十日目

——ここでハイパー無線ビーコンを製作することについてよく考えてみたかい？

なにから？　細枝と泥から？

——これまでのところ、この地で支配的な信念体系との紛争を避けるため、われわれの知識を秘密にしてきただろ。だけど、きみがここの人々を指揮して、技術進歩の加速プログラムに取りかかると決めれば、この惑星は今後百八十五年でハイパー無線ビーコンを生産できるだけの工業ならびに技術の専門知識を獲得する確率が八十パーセント以上になるはずだ。

ありがと、アーティ。惑星の女王だと宣言して、とりかからせるわ。わたしの曾曾曾孫たちが帰還できるかな。

ところで、ファーツォンはどこ？　釣りにいくため、ここで待ち合わせることになっているのだけど。

——そのタスクが六十年以内に完了する可能性も〇・〇〇〇三パーセントある。

あなたはほんと女の子を元気にする方法を知ってるね。

族長のせいでファーツォンは遅れているのかな？　忘れてなきゃいいんだけど。

――ファーツォンの所在がきみの救出計画という重要問題とどのように関連しているのか、ぼくにはぴんとこないんだけど。

その話はやめてくれない？

――ここに落ち着くことを本気で考えてるの？

わたしは……それがもっとも理性的な行動方針じゃない？

――理解できない。ぼくのサバイバル・モデルはすべて、現代科学から離れていれば、きみの平均余命は大幅に減少することを示している。

あのね、わたしは……ここで幸せなの。色々と原始的ではあるけれど。空気のせい？　食べ物のせい？　生きているという感じがはるかにする。存在するとは知らなかった自分のなかの部分を発見したとでもいうか。

原子やクォークやハイパースペースや遺伝子発現調節の知識は、甘い食事が火のような気分を与えてくれるのを知っていることほどここでは役に立たない。

ときどき、合理的でないことが合理的なことがある。自分のまわりのみんなが世界がある形で動いていると信じていれば、少なくともそのように世界が動いているふりをすることに利点はある。

――それはとっても変わった論法だね。

ひょっとしたらわたしはまともに考えられていないのかもしれない。ずっと奇妙な感じがしてるの。この頃、お腹のなかに心があるような気がしている。気分によってひきしまったり、ゆるんだりしている。お腹にあらたな扁桃体があるとでもいう感じ。説明のできない衝動がある――気分が上がり下がりしている。そのことについてファーツォンに訊いてみなきゃ。

――きみの見方の変化の源は、空気や食物にはないと思う。ファーツォンが近くにいるとき、きみの呼気に含まれているオキシトシンとバソプレッシンのレベルが急上昇しているのを検知しているし、心拍数の上昇と虹彩の拡大も見られる。これらは明白な身体的徴候だよ。

それって……それってあなたが言おうとしているのは……

――きみは恋に落ちているんだ、タイラ。

ファーツォン

おれたちは山の頂上にいて、星々を見上げていた。

タイラは西を指差した。空の星のなかでもっとも明るい星、白頭《バイトウ》、大爪座の尻尾を指差す。「あそこでわたしの船――とても大きな空飛ぶカヌー――が、壊れてしまった」

おれは壊れた船から漏れる明かりが見えないか目を凝らした。

「なにも見えないよ」タイラは言った。「どんなに目が良くても、その爆発の光はあと五年しないとここには届かない」

わけがわからない。だが、それはどうでも良かった。タイラが言うことを必ずしもすべて理解する必要はなかった。彼女の声にただ耳を傾け、彼女のまえにいるだけで充分なときもあった。

タイラは振り向き、顔を赤らめた。「またじっと見てる」

おれはきまり悪くなって、横を向いた。

だけど、彼女は手を伸ばしてきて、おれの顔を両手でしっかりはさんだ。「これもわからないな」とつぶやく。

そして彼女はとても早口に彼女の方言で話した。

わたしはこんなに簡単に恋に落ちたりしないのに。これはまったくわたしらしくない。見捨てられ、落ちこみ、絶望してもいいはずなのに。世界は、昔から知っていた人々は、わたしから永遠に失われてしまったかもしれず、わたしは数千年まえの過去に投げ出されたも同然。なのにわたしは幸せを感じている。有頂天になっていると言ってもいいくらいに。筋の通る説明ができない。ただ、自分が大丈夫だろうとわかっているだけ。わたしは腹でそれを感じている。

「きみの言葉の多くがわからない」おれは彼女に言った。「でも、最初に口にした言葉はわかった。おれもきみを愛している。蓮の種をこの世界のあらゆる風味と混ぜてきみに贈ろう。おれたちの愛がけっして退屈に屈しないように」

次におれが感じた感覚は自分の唇に彼女の唇が触れるそれだった。おれは目を開けていたけれど、なにも見えなかった。世界がおれたちの口づけのなかに縮まった。おれたちの息に、おれたちの舌先に縮まった。おれは彼女の味を、匂いをむさぼった。彼女の性質のように熱く、火のようだった。世界はますます明るく輝いているように思えた。まるで星々が共感して燃えさかったかのように。

彼女は身を引き離し、衝撃のあまり目を大きく見開いた。

「どうかしたのか？」

彼女は答えなかった。彼女の視線はおれの背後の空に向けられていた。

おれは振り返った。空の半分が燃えていた。炎の中心には、巨大な船が鎮座していた。溶けた鉄のように赤く光っていた。

ついで巨大な拳で殴られるかのように音と熱の波が襲ってきた。おれにできることは、手を伸ばし、船とタイラのあいだに自分を割りこませようとすることだけだった。

タイラ
日付不明

心地よい真っ白な部屋で目を覚ます。裸で、薄くて白いシーツに覆われていた。

「ずいぶんびびらせてもらったよ」

頭がぼうっとして、声の持ち主の居場所を確かめるのに何度かあらぬ方を見てしまった——白いローブを着た禿頭の男性がわたしのうしろに立っていた。体をひねって見ようとしたところ、痛みにわたしはうめいた。

「すまない」男はそう言うと、わたしが見やすいようにまえにまわりこんだ。「いつも生体情報モニターをここに設置するんだ。それだと患者と話をするのが難しくなるとしょっちゅう言ってるんだが」

「どこ……なに……だれ……」最初に訊くべき質問を決めかねていた。ファーツォンのイメージが心に浮かんだものの、そのイメージは他人のように感じられ、現実とは思えなかった。まるで自分が頭のなかでこしらえた架空の人物か、本で読んだ人物であるかのようだった。

なにかがなくなっている。自分の体を確認する——腕も脚も手の指も足の指もみんな揃っていた。それでも幻肢があるかのようだった。お腹にぽっかり穴が空いている気がした。

「船医のピーター・ザルツだ。きみはシャムロック号に乗っている（シャムロックは、マメ科の三つ葉植物。アイルランドの国章）」

ダンデライオン号の姉妹船だ。「どうして？」

「ダンデライオン号が一カ月以上いかなる報告も無線で連絡していないのが心配になった。だが、船の居場所については漠然と知っているだけだった。船の残骸の在処《ありか》を突き止め、きみの亜光速のビーコン信号をキャッチするまでにしばらくかかった」

わたしはそのビーコンにティコ409第一惑星の座標を残しておいたのだ。

「きみの船に起こったことは……悲惨だ」ザルツはそれ以上言葉を失って黙った。

わたしは目をつむった。永遠に失われた二百六十五人の記憶は、圧倒的だった。

「きみのログにいくつか目を通した。タイラ、きみの物語は信じがたいものだ。まず深宇宙でひとりきりで漂流し、歴史のなかで失われたコロニーに決死のジャンプをして、ついには野蛮人のなかで暮らすとは！　われわれがきみを発見したとき、きみの体は信じがたい数のバクテリアにあふれていた。きみが生き延びているのが信じられなかった。きみが幸運だったのは、シャムロック号には、たまたま……とにかく、きみを隔離し、綺麗にするあいだ、きみを眠らせておかなければならなかった。あそこからきみを取り返すことができてきみは運がいい……きみを救出したとき、先住民はとても敵対的だったんだ……」

ザルツにその〝先住民〟のことを訊きたかったが、自分が感じてしかるべきだと思っていた不安が込みあげてこず、それがわたしを怯えさせた。覚えているファーツォンの言葉にしがみつこうとした――「蓮の種……おれたちの愛……けっして退屈に屈しない」だけど、その言葉は期待したようにはわたしの心を温めてくれなかった。月並みで、軽薄で、無意味に聞こえた。

そのとき、わたしは父のことを考えた。父がいない寂しさの痛みが腹を殴られたかのように応えた。少なくとも自分がまだ人間であることにほっとした。感じる能力を失ったわけではなかった。

ふいにとてもしんどくなり、わたしは目を閉じた。

ファーツォン

見知らぬ者たちがタイラを一週間まえに連れ去った。だが、彼らの巨大船は空にとどまっている。おれはまともに食べられず、眠れずにいる。山で待っている。彼女が突然戻ってくるんじゃないかと期待して。

すると、タイラの球より少しだけ大きな一艘の空飛ぶカヌーが巨大船から降りてきた。それが到着すると、回転する翼の力におれは地面に倒された。ようやく目を開けると、おれは喜びに叫びをあげた。おれのタイラが戻ってきた。

だが、彼女はひとりじゃなかった。ふたりの男がいっしょにいた。三人は頭の先から爪先まで鉄の服に身を包んでおり、それが太陽にきらきら輝いていた。顔は透明な半球で囲まれていた。

透明な半球越しにおれは彼女の目を見た。

なにかおかしかった。その目は冷たく、空っぽだった。まるで見知らぬ人間の目を見ているようだ。空っぽな殻を見ているようだ。彼女は火ではなかった。土ではなかった。なんでもなかった。虚ろな殻だった。

音もなく彼女は透明な半球の向こうで唇を動かした。アーティの声がお守りから発せられて、通訳をした。精霊の声ですら奇妙に聞こえた——そっけなく、堅苦しく、村の触れ役が冬の法廷で決まった判事の決定を読み上げているときのようだった。「重要な知らせを持ってきました。この星はわたしの雇用者であるSEED探査社の所有物です」

「タイラ！　きみになにがあったんだ？」

素知らぬ顔でタイラはつづけた。「SEED社は五十年まえにここの入植権を購入しましたが、その権利を行使するためにここにやってくることはありませんでした。この惑星がテラフォーミングの必要がないことを知ったいま、SEED社は開発を切望しています。あなたたちのここでの存在は法的根拠がなく、SEED社はあなたがたを追い払いたいと思っていました。ですが、わたしが病気のあいだ介抱してくれたことに鑑《かんが》み、わたしはSEED社を説得して、あなたがたに居留地として若干の土地を分け与えることに同意させました。その条件として、あなたがたの村落に辺境世界観光客用の人類学的体験公園をSEED社が運営することを認める独占契約を結んでもらいます」

「タイラ、きみはここに属しているんだ。きみはおれたちに属しているんだ」

タイラは一瞬ためらい、それから優しく付け加えた。「あなたがたに、ほかの人類にふたたび仲間入りし、失われた遺産を取り戻すときがきたの」

鉄の服を着て監視しているこの奇妙な男たち抜きで彼女と話がしたかった。彼女の顔に両手を添えて、目を覗きこみたかった。だが、顔を囲んでいる透明な半球は冷たくて堅く、おれの手を拒んだ。

タイラの発言の意味はほとんどわからなかったが、おれを腹立たせた。胃がむかついた。オウタイ族長は正しかった。天空の人々はおれたちに危険と悲しみを運んできたのだ。「おれたちは自分の世界を諦めはしない」おれは天空の男たちに向かって叫んだ。「おれたちは血管に火と鉄を充たす。腐った大地の腐臭と死と敗北の味以外、おまえたちはなにも味わえなくなる」

ふたりの男はおれの腕をつかんで、タイラからおれを引き離そうとした。最初はあらがっていたが、おれは彼女の目に恐怖を見て、なすがままにされた。

気持ちが悪い。五元素がおれの体のなかで荒れ狂い、混沌のなかで激しく争っている。

タイラ

アーティ、わたしはどうなったの？　あそこに降りていったとき、ファーツォンは知らない人みたいだった。彼になんの感情もわいてこなかった。もう彼に対してなにも感じない。

――きみのホルモン・レベルは、まさに……異常だな。きみがティコ409第一惑星にいたときに観察していたレベルを正常だと見なした場合。

仮説として？

――愛情、あるいはそれの欠如は、ぼくの専門領域じゃない。

ザルッ医師がやったこととなにか関係があるはず。わたしの医療記録を取りだして、分析してみて。

――きみの言うとおりのようだ。きみが船に連れてこられてから最初の四十八時間で、PNDF、シータGF、エンドビシン、モティノルフィン、それ以外にもいろいろな神経伝達物質と神経栄養因子が大量投与されている。

その薬物はわたしになにをしたの？

――ぼくに確認できるかぎりでは、きみはその間、大量の抗生物質の投与を受けたということだけだ。

それはなんなの？

――抗生物質は、バクテリア感染に対するきみの祖先たちの主要武器だ。もう長いあいだ必要とされてこなかった。シャムロック号に在庫があったのは奇妙だね。

その理由を見つけられる？

──こっそり船の記録を探らせてくれよ……ああ、わかったと思う。最近、SEED社が所有している銀河周縁の惑星の一部で大規模な爆発的バクテリア感染が二、三発生している。そのため、少量の抗生物質を製造しなければならなかったんだ。パニックを引き起こす懸念からこの爆発的感染のニュースは検閲されているようだ。

ファーツォンの一族はつねにバクテリアと共存していた。だから到着してわたしは病気になった。だけど、気分が悪くなくなったときでも、バクテリアはわたしのなかにいた。

アーティ、わたしのなかにいたバクテリアは疾病の原因となる以外になにかしてたの？

──わからないな。だけど、オール＝ネットにつながっているから、古いアーカイブを精密検索できる。おもしろいな──健康な人体にはバランスを保って生きているたくさんのバクテリア種が必要だと信じている古代の科学者が一部にいた。個々人は異なるバクテリアの混合を持っていて、それは血液型と似たような形で腸内細菌叢型と呼ばれていた。

彼らはバクテリアを寄生生物ではなく、共生生物とみなしていた。

そのバクテリアはいったいなにをしていたの？

──どうやら、食物の消化や疾病との戦い、気分や個性を変えることにすら力を貸していたようだ。

なんですって？　どうして？

──血流のなかに化学物質を注ぎこむことで。神経伝達物質を抑制または活性化させたり、遺伝子発現を調節したり、神経化学を修正したりする化学物質をね。

じゃあ、ティコ409第一惑星にいるとき、わたしは……感染したんだ。わたしはわたし自身ですらなかった。

——きみの父親の言った通りだな。惑星では、きみは文字通り腹《ガット》で考えていた。ファーツォンの一族は自分たちの腸内細菌叢《ガット・フローラ》と調和して生きるためだけじゃなく、食事や飲み物でそれを管理し、自分たち自身の気分も調整する方法を見つけ出したんだ。

わたしのなかに生きていたものがわたしの思考をおこなっていた。恋していたのはわたしなの、それともバクテリアなの？

——その違いはそれほど明白じゃないと思う。古代の科学者が書いた文章を引用させてもらおう——「この世界における人間の心は、また、この世界の人間の心は、物理現象である。あなたのお腹のなかのバクテリアは、あなたの思考の総体を作りだしている機械のひとつの部品でしかない。あなたはすでに数兆の細胞からなる共同体であり、そこに二、三兆加えることを考えられないだろうか？」

それで、いまわたしはなにをすべき？　自分のファーツォンへの気持ちがわからない。どう考えたらいいのかわからない。なにが正しいの？

——それはもちろん、ぼくの専門分野の外だ。

ファーツォン

タイラがおれたちのもとに帰ってきた——ひとりで、裸で、透明な半球も鉄の服も身につけずに。

彼女はまたしても病に倒れた。

オウタイ族長とおれは三日間かけて彼女の体の均衡を取り戻させた。鉄と木と水と火と土の五元素を慎重に測って注ぎこみ、それらが彼女の体に根を下ろし、ちゃんと繁殖するよう、彼女がふたたび完全な宇宙に戻るようにした。

「わかってるかしら」タイラは言った。「わたしが言ってることが？」

タイラが熱心に話をしているとき、彼女は新鮮な朝露に重くなった枝のように眉を少ししかめる。「きみは五元素の均衡について話しているんだろ」

「あなたたちが実践している食事療法は」タイラは言った。「たんなる迷信じゃないの。あなたたちといっしょにこの新世界にやってきたバクテリアのコロニーを律するのに役立つプロバイオティックな食事をあなたたちはどういうわけか発明した。食べているものを変えることで、あなたたちは健康を維持し、自分の気分も制御できる」

「その知識を得るため、永年にわたって大勢の人が死んだ」

タイラは真顔でうなずいた。「その手法が効果をあげる理由を説明するのにあなたたちが用いている五行説は、わたしにはぴんとこないし、比喩的なものかもしれないけど、その手法は現実に効果をあげている。それは失わないようにして、ほかの人類にも教えるべき。ほかの人類は古代の共生生物との共存方法と、いっしょに考える方法を忘れてしまっているの」

「銀河周縁地区での疾病は、人のなかの微生物群ゲノム（マイクロバイオーム）を根絶しようとする過剰な努力の結果だろう」アーティが言った。「あまりに清潔で純粋だと生きていけないようだ」

タイラがつづいた。「もしティコ409第一惑星の権利を押し通そうとするなら、彼らのコロニー惑星で人がどんなふうに死んでいるかについての情報を公にする、とSEED社に説明した。だけど、もし彼らが快くあなたたちを放っておくなら、わたしはSEED社に協力して、そうした爆発的感染の長い目で見た治療方法になるあなたたちの食事療法を紹介し、特許はSEED社にゆだねましょう、と言った」

彼女とアーティが言っていることのかならずしもすべてはわからなかった。だけど、彼女の目を見たとき、そこに本物のタイラがいるのを見ただけで充分だった。

「そうした生物をわたしのなかに生息させているとき、わたしはちがう人間になる」タイラは言った。「わたしはより冒険好きになり、より衝動的になり、より幸せになるの」

「それこそ真実のきみだよ」おれは彼女に言った。「きみは本来そうなるはずなんだ」

「それがほんとかどうかわからない」タイラは言った。「自分の心が自分自身の細胞のなかだけじゃなく、わたしたちがこの星で暮らしているのとおなじやりかたでわたしのなかに住んでいるちっぽけな有機体の何兆もの細胞のなかにも存在しているという考えに慣れようとしているけど、まだ慣れることができずにいる。自分の心だけど、自分そのものではないことに。わたしが何者なのか自信がない。だけど、わたしは戻ってくることを選んだ。なぜならこのわたしのほうが好きだから。腹で感じるような気持ちなの。父は誇らしく思うでしょうね」

「きみのお父さんに会いたい」おれは言った。タイラが父親のことをよく口にしていたからというだけではなく、タイラにひとつの問いかけをするまえに彼女の父親の祝福を得たいからでもあった。

「そうしてもらいたいな」タイラは言った。「しばらく父さんには会っていないし、彼はあなたを気に入る気がしている。わたしのＳＥＥＤ社との交渉を聞いて喜ぶでしょう」

「ぼくのシミュレーションでは、ＳＥＥＤ社がきみの提案の利点を得心して、きみの提案を受け入れる確率は五十二・二六パーセントでしかない」アーティが言った。「きみは大きなリスクを冒しているぞ」

「そこは、きみは自分の腹／直観《ガット》を信じているんだなと言うところじゃないかしら」

著者付記

バクテリアが気分や脳内化学に影響を与えているというアイデアは、E・ドノウ他「腸管内微生物相がマウスの行動と脳内脳由来神経栄養因子レベルを決定する」*Gastroenterology*, Vol. 140, Issue 5, Supplement 1, Page S-57 に基づいている。

愛のアルゴリズム

The Algorithms for Love

　室内の看護師がわたしから目を離さないという条件で、わたしは自分で着替えをして、ブラッドを待つ用意をするのを許される。古いジーンズに足を滑りこませ、深紅のタートルネック・セーターに袖を通す。ずいぶん体重が減ったので、ジーンズは腰骨からだらんと下がっている感じだ。

「セーラムで週末を過ごそう」わたしに付き添って病院を出ていく際に、ブラッドは言う。守るように片腕をわたしの腰にまわしている。「ぼくらふたりだけで」

　わたしが車のなかで待っているあいだ、ウェスト先生が病院のドアのすぐ外でブラッドと話をしている。ふたりの声は聞こえないけれど、女医がブラッドになにを言っているか想像がつく。「四時間おきに抗鬱薬のオキセチンを服用させて。いついかなるときもひとりきりにさせないで」

ブラッドは車のペダルを優しく踏んで運転する。わたしがエイミーを妊娠していたときのように。車の流れは滑らかで、混み合っておらず、ハイウェイ沿いの草木は絵はがきのように完璧だ。オキセチンが口のまわりの筋肉を弛緩させるため、車のサンバイザーについている鏡で、自分が清らかな微笑を浮かべているのが見える。

「愛してるよ」ブラッドは静かにそのセリフを口にする。いつも言っていた通りに。まるでそれが呼吸と心拍の音であるかのように。

わたしは数秒待つ。ドアをあけ、ハイウェイの上に身を投げ出すところを思い描くけれど、わたしはなにもしない。わたしは自分の不意をつくことすらできない。

「わたしも愛してるわ」彼を見てそう口にする。いつもそうしていたように。まるでそれがなにかの問いかけへの答えであるかのように。彼はわたしを見て、笑みを浮かべると、道路に視線を戻す。

彼にとっては、これはルーティーンが元に戻ったことであり、これまでずっと知ってきたおなじ女性と話しているということであり、万事正常に戻ったということである。わたしたちは、週末のささやかな休日を過ごすため、ボストンからやってきた一組のカップル客にすぎない――朝食付きホテルに泊まり、美術館を巡り、古いジョークを再生利用する。

それは愛のアルゴリズムだ。

わたしは悲鳴をあげたい。

わたしが設計した最初の人形は、ローラという名前だった。利発な《クレヴァー》ローラ™。

ローラは茶色い髪の毛と青い目、完全可動の関節、二十箇のモーター、喉には発話シンセサイザー、ブラウスのボタンに擬装した二台のビデオカメラ、温度センサーとタッチセンサー、鼻の奥にはマイクが備え付けられていた。そのいずれも最先端のテクノロジーではなく、わたしが用いたソフトウェア・テクニックは少なくとも二十年まえのものだった。だけど、わたしは自分の作品を誇らしく思った。ローラの小売価格は五十ドルだった。

ありきたりじゃないオモチャ《ノット・ユア・アヴェレージ・トイ》社では、クリスマスの三カ月まえだというのに次々と入ってくる注文に生産が追いつかなかった。ＣＥＯのブラッドはＣＮＮやＭＳＮＢＣや台湾電視公司《ＴＴＶ》およびその他のアルファベットで呼ばれる放送媒体に出つづけ、ローラはいたるところの電波に乗った。

わたしはデモンストレーションをするため、ブラッドのインタビューに同行した。マーケティング担当部長の説明によると、わたしが母親のように見えるから（母親ではなかったけれど）であり、それに（部長は口にしなかったが、その行間を読むことはできた）わたしがブロンドで美人だったからだ。わたしがローラの設計担当である事実は、あとからつけたような理由だった。

はじめてＴＶでデモンストレーションをしたのは、香港の番組のためだった。ブラッドは地元のモーニングショーにわたしを出演させるまえにカメラのまえでリラックスさせようとした。

女性キャスターであるシンディが〝湿度計〟を作っているどこかの会社のCEOにインタビューしているあいだ、わたしたちはスタジオの脇に座っていた。わたしは四十八時間寝ていなかった。神経質になって、ローラを六体持ってきていた。そのうち五体がそろって故障する場合に備えてだ。すると、ブラッドがわたしのほうを向いて、囁いた。「湿度計はなんのために使うんだろう？」

ノット・ユア・アヴェレージ・トイ社に入ってまだ一年も経っていなかったので、ブラッドのことをよく知らなかった。それまでに数回、話したことはあったが、いずれも仕事上の用件でだった。彼はとてもまじめで、目的意識に突き動かされているタイプの人間に見えた。高校生のうちに最初の会社を立ち上げたのが目に浮かぶ——ひょっとしたら、授業ノートの売り買いで稼いだのかも。どうして湿度計のことでわたしに質問しているのか、わけがわからなかった。わたしが神経過敏になっていないかどうか、確かめようとしているの？

「さあ。料理に使うんですかね」わたしは思い切って答えた。

「そうかもしれない」ブラッドは言った。すると秘密めいたウインクをした。「でも、湿度計って卑猥な響きがする言葉だな」

自社のCEOの口から出るとは思いもよらなかった発言だった。一瞬、まじめにそんなことを言ったのかと思った。だが、つぎの瞬間、ブラッドは笑みを浮かべ、わたしは笑い声をあげてしまった。わたしたちの出番を待っているあいだ、わたしはまじめな顔を保っていられず、自分はもう神経質になっていないのがはっきりわかった。

ブラッドと若いキャスターのシンディがノット・ユア・アヴェレージ・トイ社の使命（「ありきたりでない子どものためのありきたりでないオモチャ」）とローラのアイデアがどうやってブラッドに浮かんだかについてなごやかに話した（もちろん、ブラッドはローラの設計にまったく関わっていなかった。すべてわたしのアイデアだったから。だけど、ブラッドの返事はあまりに巧みで、ローラがほんとうに彼の創作物であるかのような気がしたほどだ）。そののち、派手なプレゼンテーションの時間になった。

わたしは机にローラを置き、顔をカメラのほうに向けた。わたしは机の横に座った。

「こんにちは、ローラ」

ローラは顔をわたしのほうに向けた。モーターはとても静かで回転音がほとんど聞こえなかった。「ハイ！　名前はなに？」

「エレナよ」わたしは言った。

「はじめまして」ローラは言った。「寒いな」

その場の空調は少し効きすぎていた。わたしは気づいていなかった。

シンディは強い印象を受けた。「すごい。この子はどれくらい喋れるの？」

「ローラの語彙は約二千の英単語です。一般的な接尾辞と接頭辞のための意味論的コード化と統語論的コード化も備わっています。この子の発話は文脈自由文法に規定されています」ブラッドの目に浮かんだ表情から、わたしが技術的説明になりかけているのがわかった。「つまり、ローラは新しい文章を作り、それがつねに統語論的に正確なものになるということなんです」

「あたしは新しくてぴかぴかの、新しくて明るい、新しくて格好いい服が好き」ローラが言った。

「必ずしもいつも意味が通るわけじゃありませんが」わたしは付け足した。

「ローラは新しい言葉を学べるのかしら？」シンディが訊ねる。

ローラは顔を反対側に向け、シンディを見た。「あたしは学ぶコト好き。新しい言葉を教えてちょうだい！」

発話シンセサイザーにはまだバグがあり、ファームウェアに手を入れないとだめだろうな、と心のなかにメモをした。

シンディは人形がひとりでに自分のほうに顔を動かし、質問に答えたことで明らかに気味悪がっていた。

「この子は」——シンディは適切な言葉を探した——「わたしの言ったことを理解してる

の？」

「いえ、いえ」わたしは笑い声をあげた。ブラッドも同様に笑った。少しして、シンディもそこに加わった。「ローラの発話アルゴリズムは、マルコフ連鎖発生器で拡張されていて、そこに割りこませて――」ブラッドが先ほどの表情をまた目に浮かべた。「要するに、ローラは耳にした言葉のなかのキーワードに基づいた文章を意味もなく喋っているだけです。それに事前に用意した言い回し集をごく少量持っていて、おなじようにきっかけをとらえて口にできるようになっているの」

「ああ、わたしが喋っている内容をほんとにわかっているようだった。どうやって新しい言葉を学ぶのかしら？」

「とても単純なんです。ローラは数百箇の新しい単語を学べるだけのメモリーを備えています。けれども、かならず名詞でなければならない。物を見せて、それがなんなのかローラに教えようとすることはできます。ローラにはかなり洗練されたパターン認識能力があり、顔の見分けがつくんです」

残りのインタビューでは、わたしは気をもんでいる親たちに、ローラを使うのにマニュアルを読む必要はないこと、水に落としても爆発しないこと、それから、いいえ、たとえみなさんの小さなお姫さまがたまたまローラに教えたとしても乱暴な言葉は一言も喋りません、と説明した。

「バイバイ」インタビューの終わりにシンディがローラに言って、手を振った。

「バイバイ」ローラが言った。「あなたすてきね」手を振り返す。

どのインタビューもおなじパターンをたどった。ローラがはじめてインタビュアーのほうを向き、質問に答えた瞬間、つねにある種のぎこちなさと困惑が生じた。無生物が知的行動を示すのを見るのは、人に影響を与えた。彼らはみな人形が取り憑かれたのだと思うのだろう。そこでローラがどのように機能しているのかわたしが説明すると、みな嬉しそうな顔をした。わたしはあらゆる質問に対する専門用語を用いない、ほんわかぼんやりした答えを、朝のコーヒー抜きでも暗唱できるくらい頭に叩きこんだ。その受け答えが上手になりすぎて、ときどきインタビュー全体を自動操縦でこなすことがあり、質問に余計な気を取られず、何度も何度も耳にしてきたおなじ言葉が聞こえるとそれに応じて反応するばかりとなった。

このインタビューは、その他のマーケティング戦略とともに、きちんとした成果を上げた。大特急で製造を外部に委託せねばならなくなり、しばらくのあいだ、中国沿岸のすべてのスラム街がローラをこしらえていたにちがいなかった。

わたしたちの滞在している朝食付き宿泊施設のホワイエは、予想通り、地元の見所のパンフレットであふれている。その大半が魔女をテーマにしたものだ。煽情的な絵と文言は、どういうわけか道徳的な怒りだけじゃなく、同時に青年期に夢中になったオカルトの魅力も伝えてくる。

宿の主人のデイヴィッドは、「セーラムの公認魔女が作った人形」を呼び物にしている古き人形店を覗いていくようわたしたちに薦める。セーラム魔女裁判で処刑された二十人のひとり、ブリジット・ビショップは、ピンを突き刺された〝人形〟が自宅地下室で発見されたという物証などに基づいて有罪とされた。

ひょっとしてブリジットはたんにわたしみたいな人間だったのかもしれない。人形遊びをしている頭のおかしい大人の女。人形店を訪ねるという考えそのものにわたしの胃がひっくり返りそうになる。

ブラッドがデイヴィッドにレストランやもしあればスーパーのことを訊ねているあいだ、わたしは部屋に上がる。眠りたい。あるいは少なくとも眠っているふりをしたい。ブラッドがやってくるまで。そうすれば彼はわたしをひとりにしてくれるかもしれないし、何分か考える時間を寄越してくれるかもしれない。オキセチンを服用していると、考えるのが難しい。わたしの頭のなかには壁がある。あらゆる考えを多幸感のクッションで覆おうとする透き通った壁だ。

なにがまずかったのか、思い出せさえすれば。

ハネムーンでブラッドとわたしはヨーロッパにいった。軌道往還シャトルに乗った。チケット代はわたしの年間家賃を上回った。だが、わたしたちはその金を払う余裕があった。最新機種のウィッティ・キンバリー™は、良く売れていたし、会社の株価はそれ自体軌道に達するほど上昇していた。

シャトル港から帰ってくると、わたしたちは疲れていたけれど幸せだった。自分たちの家にいて、相手のことを夫であり妻と考えているのがわたしにはとても信じられなかった。まるでままごとをしているような気がした。わたしたちはいっしょに夕食を作った。デートしていた時期にそうしたように（いつものように、ブラッドはあまりに野心にあふれ、レシピを一行以上守ることができず、わたしは彼の担当する海老のエトゥフェを救出するために駆け付けなければならなかった）。決まり切ったルーティーンの気安さがあらゆることにより現実感を与えてくれるようだった。

夕食の席でブラッドはとても興味深いことを話した。市場調査によると、キンバリーの顧客の二十パーセント以上が子どものために買ったのではなかった。彼らは自分たちで人形遊びをしていた。

「彼らの多くがエンジニアやコンピュータ・サイエンス専攻の学生なんだ」ブラッドが言う。「それにキンバリーのハッキング取り組みに専念しているネット上のサイトがすでにごまんとある。ぼくのお気に入りサイトは、キンバリーに弁護士ジョークの作り方と話し方を一歩一歩教えているところだ。そのサイト宛の停止命令申請にとりかかったときの法務部の連中の顔をはやく見たくてたまらないな」

　わたしはキンバリーへの興味を理解できた。ＭＩＴで課題と格闘していたとき、キンバリーのようなものがあれば、どのように動くのか突き止めようと彼女を分解したがったことだろう。彼女をじゃなく、それをだ、と心のなかで訂正した。キンバリーの知性という幻想は、あまりにリアルなため、ときどきわたしですら無意識のうちに彼女を、もとい、それを、買いかぶりすぎた。

「正直言って、ハッキングの取り組みを止めさせようとすべきじゃないかもしれない」わたしは言った。「ひょっとしたらわたしたちはそれを利用できるかもしれない。ＡＰＩの一部を公開して、コンピュータおたく向けのソフトウェア開発キットを売れるかも」

「どういう意味だい？」

「えーっと、キンバリーはオモチャだけど、だからと言って、彼女に興味を持つのは幼い女の子だけとは限らない」わたしは代名詞を統一させるのを諦めた。「あの子は、とどのつまり、世界でもっとも洗練され、実際に稼働している、自然な会話のライブラリーを持っているの」

「きみが書いたライブラリーをな」ブラッドが言った。まあ、ひょっとしてわたしはそのライブラリーのことで少々天狗になっていたかもしれない。だけど、わたしはそのライブラリーに心血を注いで働き、ライブラリーを誇りに思っていた。

「もしこの言語プロセス・モジュールが、一年でだれもが忘れてしまう人形のなかにひそんでいる以外になんのアプリケーションも出ないなら、もったいないじゃない。少なくともこのモジュールのインターフェースをリリースできる。プログラム・ガイドも、ひょっとしたらソースコードの一部も公開できるかも。どうなるか、わたしたちが仕事をしているあいだに余分のお金を稼げるか確かめてみようよ」わたしはアカデミックなＡＩ研究に一度も従事したことがなかった。その退屈さに我慢できなかったからだけど、たんに話をする人形を作るよりももっと大きな野望を抱いていた。賢くて話をする機械がなにか実体のあることをするところを見てみたかった。たとえば子どもに読み方を教えるとか、高齢者の用事を手伝うとか。

彼が最後にはわたしに同意するのはわかっていた。真面目そうな外見にもかかわらず、彼はみずから進んでリスクを負い、思い切ったことをやる人間だった。わたしが彼を愛している理由はそこだった。

わたしは皿洗いをしようと立ち上がった。テーブルの向こうから手が伸びてきてわたしの手をつかんだ。「それはあとまわしにできる」彼は言った。テーブルをまわりこんできて、わたしを引き寄せた。わたしは彼の目を覗きこんだ。彼のことをとても理解しているため、実際に口にされるまえに彼がなにを言うのかわたしにはわかるという事実をわたしは愛おしんでいた。子どもを作ろうか、と彼が口にするところを想像した。その瞬間に唯一ふさわしいのがその言葉のはずだった。

　そして彼はそのとおりの言葉を口にした。


　ブラッドがレストランについて訊ねるのを終えて上の階に戻ってくるまでわたしは眠っていなかった。薬の影響下にある状態では、寝ているふりをすることすらあまりにも難しい。

　ブラッドは海賊博物館にいきたがった。暴力的なものは見たくないとわたしは言った。彼は即座に同意した。それは満足して恢復途上にある妻からまさに聞きたがっていることだった。

　それでいまわたしたちはピーボディ・エセックス博物館のギャラリーをぶらぶらと歩きまわり、セーラムの栄光の日々に集めた東洋の古い宝物を見ている。

　陶器のコレクションはひどいものだ。鉢や皿の職人技は許しがたかった。模様は子どもが描いたものをなぞったもののようだった。説明カードによれば、これらは広東の商人が外国での消費のため輸出したものだという。商人たちは中国自体ではけっしてこんなものを売ったりしなかっただろう。

　わたしは当時の広東の店を訪れたイエズス会の宣教師が書いた説明文を読んだ。

職人たちは一列に並んで座り、めいめいが自分の筆と担当箇所を持っていた。最初の職人は山だけ描き、次の職人は草だけ描き、次は花だけ、次は動物だけ描く。そうやって一列で描いていき、皿を次の職人へ渡していく。個々の職人が自分の担当分を描き終えるのにほんの数秒しかかからなかった。

　ということは〝宝物〟は古代の労働搾取工場および組立ラインで生産された大量生産の安物輸出品にほかならない。わたしは一日千箇のティーカップにおなじ葉先を描きつづけることを頭に浮かべる——おなじルーティンが繰り返し繰り返し、おそらく短い昼食休憩をはさんでおこなわれるのだ。手を伸ばし、左手で目のまえのカップを手に取り、筆を浸し、一筆、二筆、三筆、カップをうしろにまわし、筆をゆすいで繰り返す。なんと単純なアルゴリズムだろう。じつに人間的だ。

　ブラッドとわたしは三カ月議論を戦わせたすえにエイミーを生産することで合意した。たんに〝エイミー™〟と名づけた。

　わたしたちは家で戦った。毎晩、わたしはなぜ生産すべきかというおなじ四十一箇の理由を挙げ、ブラッドは生産すべきじゃないというおなじ三十九箇の理由を挙げた。職場でも戦った。ガラスのドアの向こうでブラッドとわたしが身振り手振りを交えて激しくやり合っているのを社員が音の聞こえない外から見ていた。

その夜、わたしはとても疲れていた。一晩じゅう自分の書斎に閉じこもって、エイミーの不随意の筋肉痙攣を正しく制御するルーティンを手に入れようと格闘していた。正しくやらねばならなかった。さもなければ、エイミーはたとえどんなに学習アルゴリズムが優れていても、本物のようには感じられないだろう。

わたしは寝室にいった。明かりはついていなかった。ブラッドはとっくにベッドに入っていた。彼もまた消耗していた。わたしたちは夕食のあいだ、おなじ理由でまたしてもやりあったのだ。

ブラッドは寝ていなかった。「こんなふうにつづけるのかい？」ブラッドが暗闇のなかで訊いた。

わたしはベッドの自分の側に腰をかけ、服を脱いだ。「やめられないわ」わたしは言った。「あの子がいなくてあまりに寂しいの。悲しい」

ブラッドはなにも言わなかった。わたしはブラウスのボタンを外し終えて、振り向いた。窓から射しこむ月の光で、わたしは彼の顔が濡れているのに気づいた。わたしは泣きだした。

やっとふたりが泣き止むと、ブラッドは言った。「ぼくもあの子が恋しい」

「わかってる」わたしは言った。だけど、わたしとおなじようにじゃない。

「あの子とは似ても似つかないものになるとわかってるだろ？」ブラッドは言った。

「わかってる」わたしは答えた。

本物のエイミーは九十一日間生きた。そのうち四十五日を集中治療用のガラスのフードの下で過ごした。医師に監督された短い間を別にすると、わたしは娘に触れることもできなかった。だけど、あの子の泣き声を聞けた。いつもあの子の泣き声を聞けた。最後には、わたしは両手でガラスを叩き割ろうとした。硬いガラスに両手を叩きつけ、骨が折れ、鎮痛剤を打たれるまで叩きつづけた。

わたしは二度と子どもを持てなくなった。わたしの子宮壁は正常に治らず、治る見こみもなかった。その情報の断片が届いたころには、エイミーはわたしのクロゼットのなかの骨壺に入った灰になっていた。

だけど、わたしはまだあの子の泣き声が聞けた。

いったいどれだけ多くの女性がわたしのようになるんだろう？　わたしは自分の腕を充たしてくれるなにかが欲しかった。話すことを学び、歩くことを学び、少しずつ成長していくなにかが欲しかった。わたしがさよならを告げられるくらい充分な時間が、あの泣き声を鎮まらせるくらい充分な時間が欲しかった。だけど、本物の子どもは欲しくなかった。もうひとり、本物の子どもに取り組むことはできなかった。裏切りのように感じてしまうだろう。

小さな合成皮膚、小さな合成ゲル、正しい組合せのモーター、たくさんの優れたプログラミングで、わたしはそれを作れた。テクノロジーにすべての傷を癒させよう。

ブラッドはその考えをおぞましいものと考えた。不快感を覚えた。彼には理解できなかった。

わたしは暗闇のなかでまさぐり、ブラッドとわたしのためにティッシュを取ろうとした。

「これはぼくらをだめにするかもしれない。会社をだめにするかも」ブラッドが言った。

「わかってる」わたしは言った。横になる。眠りたかった。

「じゃあ、やろう」ブラッドは言った。

わたしはもう眠りたくなかった。

「ぼくには耐えられない」ブラッドは言った。「こんなきみを見ているのが。こんなに苦しんでいるきみを見るとぼくの心が張り裂けそうだ。あまりにも辛すぎる」

わたしはまた泣きだした。その理解に、その痛みに。これが愛の求めていることなんだろうか？

わたしが眠りに落ちる直前、ブラッドが言った。「ひょっとしたら会社の名前を変えることを考えるべきかもしれない」

「どうして？」

「〝ありきたりじゃないオモチャ〟というのは、すけべな心の持ち主にはとても奇妙に響くといまわかったんだ」

　わたしは笑みを浮かべた。ときには、卑猥な言葉は最高の薬になる。

「愛してるわ」

「ぼくも愛してる」


　ブラッドはわたしに錠剤を手渡す。わたしは素直に受け取り、口のなかに入れる。彼は渡したコップ入りの水をわたしが口に含むのを見守る。

「何本か電話をかけさせてくれ」ブラッドは言う。「仮眠を取るんだ、いいね？」わたしはうなずく。

　彼が部屋を出ていくとすぐ、わたしは手のなかに錠剤を吐き出す。バスルームにいき、口のなかをゆすぐ。ドアに鍵をかけ、トイレにしゃがむ。円周率を暗唱しようとする。五十四桁までいけた。これは良い徴候だ。オキセチンが切れかけている。

　鏡を覗きこむ。自分の目を見つめ、網膜まで見通そうとする。光受容体と光受容体を合わせ、その格子状配置を想像する。頭を左右に動かし、筋肉が緊張と弛緩を繰り返す様子を観察する。その効果はシミュレートするのが難しいだろう。

　だが、顔にはなにもない。表面の奥になにも実体のあるものがない。痛みはどこ？　愛を本物にした痛みは？　理解の痛みは？

「大丈夫かい、きみ？」ブラッドがバスルームのドア越しに訊いてきた。

わたしは蛇口をひねり、顔に水を浴びせる。「ええ」そう答える。「シャワーを浴びるわ。通り沿いに見かけたあの店で軽い食べ物を買ってきてくれる？」

用事を頼んだことで彼を安心させる。客室のドアが閉まる音が聞こえた。わたしは蛇口を閉め、鏡に目を戻す。水滴が顔を流れ落ちる様子を見て、皺の通り道を探る。

人体は再生の驚異だ。一方、人間の精神は、ジョークだ。信じてほしい、わたしは知っている。


いいえ、とブラッドとわたしは、カメラに向かって辛抱強く何度も何度も説明した。いいえ、われわれは〝人工児童〟をこしらえたわけではありません。それはわれわれの意図するものではなく、われわれが成し遂げたものでもありません。悲嘆に暮れる母親たちを慰める方法なのです。もしエイミーを必要としたなら、あなたにもおわかりでしょう。

わたしは表を歩き、腕におくるみをそっと抱いて歩いている女性たちを見かけるだろう。そしてときどきわたしは知るだろう。疑問の余地もなく知るだろう。特徴的な泣き声で、小さな腕が振られる様子で。わたしは女性たちの顔をじっと見て、慰められるだろう。そのはずだった。

自分が先に進んだと思った。悲嘆に暮れる過程から恢復して。あらたなプロジェクトを開始する準備が整った。わたしの野心をほんとうに満足させ、わたしの腕を世界に示すより大きなプロジェクトを。

タラは開発に四年かかった。売れ筋のほかの人形の設計をするかたわら、秘密で彼女に取り組んだ。外見上はタラは五歳の女の子に似ていた。高価な移植組織レベルの合成皮膚と合成ゲルがタラに清らかで天使のような顔つきを与えていた。瞳は黒く澄んでおり、永遠に見ていたくなるような目をしていた。

タラの運動エンジンの開発はいつまで経っても終わらなかった。あとから考えると、たぶんずっと開発しつづけるのが幸せだったからだ。開発中でまにあわず、一時的な代替策として、MITのメディアラボにいるキンバリーの熱狂的なファンが送ってきた顔の表情エンジンを利用した。キンバリーに備わっているものよりもっと優れたマイクロモーターを数多く備えていることで、タラは首をひねり、まばたきをし、鼻に皺を寄せ、数千種類の本物っぽい表情を作ることができた。首から下は麻痺していた。

だが、彼女の心は、ああ、彼女の心は。

わたしはマルチレイヤーでマルチフィードバックのニューラルネットワークを稼働させるため最高の量子プロセッサと最高のソリッドステート・マトリクス記憶装置を用いた。スタンフォード大の意味論データベースと手を組み、独自の修正を加えた。プログラミングは美しかった。まさに芸術作品だった。データ・モデルの作成だけで、六カ月以上かかった。

わたしはタラにいつ笑えばいいのか、いつしかめっ面をすればいいのかを教えた。話し方や聞き方を教えた。毎晩、ニューラルネットワーク上のノードのアクティベーションググラフを分析し、問題が発生するまえに問題を見つけて解決しようとした。

ブラッドは開発中のタラを一度も見なかった。彼はエイミーで生じた損害を抑えようと懸命に働いており、そのあとは、新しい人形の拡販に努めていた。わたしはブラッドを驚かせたかった。

わたしはタラを車椅子に乗せ、ブラッドには友人の娘だと伝えた。ちょっと用事をしないといけないので、二、三時間でかけているあいだ、この子をあやしておいてくれない、と頼んだ。わたしはふたりを自分のオフィスに残して出ていった。

二時間後、戻ってみると、ブラッドはタラに「プラハのゴーレム」の伝説を読み聞かせているところだった。「『こい』、偉大なるラビ・レーヴは言いました。『目をあけて、本物の人のように話すのだ！』」

いかにもブラッドらしいな、とわたしは思った。独特のアイロニーのセンスがある。

「わかった」わたしはブラッドの言葉を遮った。「とてもおかしいわ。ジョークの意味はわかりました。で、どれくらいかかった？」

ブラッドはタラにほほ笑んだ。「じゃあ、今度おしまいまで読んであげようね」そう言ってわたしのほうを見た。「どれくらいかかったって、なににだい？」

「わかるまでに」

「わかるって、なにを？」

「ふざけるのはやめて」わたしは言った。「実際の話、彼女のなにでばれたの？」

「なにでばれたって？」ブラッドとタラが同時に言った。


タラがそれまでに言ったりしたりしたことは、わたしにはなにも驚きではなかった。実際に口にするまえに彼女が言うであろうことはすべて予測できた。要するにわたしが彼女のなかのすべてをコード化したのであり、個々のインタラクションで彼女のニューラルネットワークがどう変化するのか、わたしは正確に把握していた。

だが、ほかのだれも露ほども疑わなかった。わたしは気持ちが昂揚してしかるべきだった。わたしの人形は現実の世界のチューリング・テストを通ったのだ。だが、わたしは怖くなった。タラのアルゴリズムは、知性を名ばかりのものにしたのだが、だれもわからなかったようだ。だれも気にすらしなかったようだ。

わたしは一週間後ようやくブラッドに打ち明けた。最初のショックのあとで彼は喜んだ（喜ぶだろうと予想していたとおりに）。

「すばらしい」ブラッドは言った。「ぼくらはもうたんなる玩具会社じゃない。こいつでぼくらができることを想像できるかい？　きみは有名になる。とてつもなく有名になるんだ！」

ブラッドは潜在的なアプリケーションの可能性についてべらべら喋った。やがてわたしが黙っているのに気づいた。「なにかまずいのか？」

そこでわたしはいわゆる〝中国語の部屋〟について彼に話した。

かつて哲学者ジョン・サールはAI研究者たちに謎を投げかけた。サールは言う、命令に従うのはとても有能だが、英語しか喋らない入念な仕事をする職員たちが大勢いる大きな部屋を用意する。この部屋には奇妙な記号が描かれたカードが一定のペースで届けられる。職員たちはなにも描かれていないカードに、先ほどのカードの記号と対応した別の奇妙な記号を記して、そのカードを部屋から送り出さねばならない。これをするために職員たちは英語で書かれた規則がいっぱいに詰まっている大きな本を持っている。たとえば、こんな風だ――「二本の垂直の波形が描かれているカードの次に一本の水平な波形が描かれているカードを見たら、なにも描かれていないカードに三角形を描いて、右側の係員に渡せ」。規則集には個々の記号がなにを意味しているかに関する情報は一切ない。

部屋に入ってくるカードは中国語で質問が記されており、職員たちは、ルールに則って、中国語で辻褄の合っている答えを生みだしていると判明する。だが、このプロセスに関わっているどんなものも——規則や職員や部屋そのものや山ほどの活動が——中国語を一言でも理解したと言えるのだろうか？　職員を〝プロセッサ〟と置き換え、規則集を〝プログラム〟と置き換えてみよう。するとチューリング・テストはなにも証明していないのがわかるだろう。ＡＩは幻想である。

だが、中国語の部屋の議論は別の形で実行することもできる——職員を〝ニューロン〟と置き換え、規則集を〝活動電位の増幅を支配する物理法則〟と置き換えてみる——その場合、われわれのだれかがなにかを理解したと言えるだろうか？　思考は幻想だ。

「わからんな」ブラッドは言った。「いったいなんの話をしてるんだ？」

一瞬ののち、それがまさに彼が口にするだろうと予想していた言葉だと悟った。

「ブラッド」わたしは相手の目を見つめ、理解してもらいたくて言った。「怖いの。もしわたしたちがタラとまったくおなじだとしたら」

「われわれが？　つまり、人間がということかい？　いったいなんの話をしてるんだ？」

「もし万一」わたしは適切な言葉を探そうともがきながら言った。「わたしたちが日々たんにある種のアルゴリズムに従っているだけだとしたら？　もし万一、わたしたちの脳細胞がほかの信号からやってきた信号を見ているだけだったとしたら？　もし万一、わたしたちはなにも考えていないのだとしたら？　もし万一、わたしがいまあなたに話していることは、たんに事前に決められた反応に過ぎなかったとしたら、心のない物理の結果だとしたら？」

「エレナ」ブラッドは言った。「きみは哲学を現実の妨げにしようとしている」

眠らなきゃ、絶望的な気分になり、わたしは思った。

「きみは少し眠らないとだめだな」ブラッドが言った。


コーヒー・カートを押してきた女の子にお金を渡すと、相手はコーヒーを手渡してくれた。その女の子をじっと見る。彼女は朝八時にとても疲れていて飽き飽きしている様子で、おかげでわたしも疲れた気分がした。

休暇を取らなきゃ。

「休暇を取らなきゃ」女の子はそう言うと、大げさに溜息をついた。

わたしは受付係の机のまえを通った。おはよう、エレナ。

なにか違うことを言って、お願い。わたしは歯を食いしばった。お願い。

「おはよう、エレナ」受付係は言った。

わたしはオグデンのキューブの外で立ち止まった。オグデンは構造設計者だ。天気の話題、昨晩の試合、ブラッド。

オグデンはわたしを見て立ち上がった。「いい天気じゃないか、だろ？」彼は額から汗をぬぐい、わたしにほほ笑みかけた。彼はジョギングしてから仕事にきている。「きのうの夜の試合を見たかい？　過去十年で最高のホームランだった。ものすごかった。ねえ、ブラッドはもうきているかい？」オグデンの顔は期待に充ちあふれ、わたしが台本に従うのを待っていた。日常の心慰むルーティン。

アルゴリズムは確定したコースを走る。われわれの思考は、そのアルゴリズムに次々と従う。軌道上の惑星とおなじように機械的で予想可能だ。時計屋が時計だった。

わたしは自分のオフィスに駆けこみ、ドアを閉め、オグデンの顔に浮かんだ表情を無視した。コンピュータのところに歩み寄り、ファイルをデリートしはじめた。

「ハイ」タラが言った。「きょうはなにをするのかな？」

わたしはあまりに急いで彼女の電源を切ったため、ハードウェア・スイッチで爪を割ってしまった。背中にある電源装置を引っこ抜く。ドライバーとペンチで作業にあたった。しばらくしてハンマーに切り換えた。わたしは殺そうとしているの？

ブラッドがドアを勢いよくあけて入ってきた。「なにをしてるんだ？」

わたしは彼を見上げた。わたしはもう一度ハンマーを振りかぶったところだった。ブラッドに苦痛のことを話したかった。わたしのまわりに奈落の口をあけた恐怖のことを。

ブラッドの目にわたしが見たがっているものは見つからなかった。理解は見えなかった。

わたしはハンマーを振り下ろした。

ブラッドはわたしを説得しようとした。そのすぐあとで彼はわたしを収容させた。

「これはたんなる妄想だよ」ブラッドは言った。「人はつねにそのときの技術的な流行に心を関連させるんだ。魔女や精霊を信じていた時代は、脳のなかにこびとがいると考えられていた。自動織機と自動ピアノができた時代には、脳がエンジンだと考えられていた。電報と電話ができた時代には、脳は電線網だと考えられていた。現代は脳は単なるコンピュータだと考えられている。目を覚ませ。それは幻想なんだ」

問題は、彼がそう言うだろうとわたしがわかっていたことだ。

「それは、ぼくらがこんなに長く結婚してきたからだ」ブラッドは叫んだ。「だからきみはぼくのことをとてもよく知っていると考えているんだ！」

彼がそう言うだろうともわかっていた。

「きみは円のなかをぐるぐるまわっている」敗北を声に滲ませながらブラッドは言った。「きみはただ頭のなかでぐるぐるまわっているだけだ」

わたしのアルゴリズムのなかのループ。ＦＯＲとＷＨＩＬＥのループ。

「戻ってきてくれ。きみを愛しているんだ」

ほかのなにを彼が言えただろう？

安ホテルのバスルームでようやくひとりきりになり、わたしは両手を見下ろす。皮膚の下を流れる血管を見る。両手を押し合わせ、脈を感じる。跪《ひざまず》く。わたしは祈っているのか？　骨と身、そして優れたプログラミング。

冷たいタイルの床に当たって膝が痛い。

痛みはリアルだ、とわたしは思う。痛みにはアルゴリズムがない。手首を見下ろす。そこにある傷に驚く。それはとても見慣れたものだ。まるで以前にこれをしたかのように。水平に走る傷は醜く、蠕虫《ぜんちゅう》のようにピンク色をしている。失敗したわたしを咎める。アルゴリズムのなかのバグ。

あの夜が脳裏に蘇る――いたるところに血、警報が鳴り響き、ウェスト先生と看護師たちがわたしの手首に包帯を巻きながら、わたしを抱えて寝かせようとする。ブラッドがわたしを見下ろす。彼の顔は理解できないでいる悲嘆に歪んでいた。

もっとうまくやるべきだった。動脈は深いところに隠れ、骨に守られている。本気でやりたかったら、縦に切らなければならない。それが正しいアルゴリズムだ。あらゆることにレシピがある。今回はちゃんとやるつもりだ。

しばらく時間がかかったが、ようやく眠くなってくる。

わたしは幸せだ。いま感じている痛みはリアルだ。

わたしは自分の部屋のドアをあけ、明かりを点ける。

明かりがローラを作動させる。彼女はドレッサーの上に座っている。このローラは、元々デモ機だった。しばらく埃をはたかれておらず、着せられている服はみすぼらしく見える。彼女の頭はわたしの動きを追って回転する。

わたしは振り向く。ブラッドの体はじっと動かないけど、その顔に涙が見える。セーラムからの一言も喋らない帰路の車のなかで彼は泣いていた。

ホテルの主人の声が頭のなかでループを描く。「ああ、なにかおかしいとすぐにわかったんだ。まえにも起こったことがある。朝食のときもまともじゃないようだったし、お客さん、あなたが戻ってきたとき、彼女は別の世界にいるような感じだった。ずいぶん長いあいだ水がパイプを流れているのが聞こえるとあたしゃすぐに駆け上がった」

それくらいわたしは予想がつく人間だった。

わたしはブラッドを見る。彼はたくさんの痛みを感じているのだと信じる。心からそう信じている。だけど、わたしはまだなにも感じていない。わたしたちのあいだには大きな隔たりがある。あまりに幅広くて、彼の痛みが感じられない隔たりだ。彼もわたしの痛みを感じられない。

だけど、わたしのアルゴリズムはまだ動いている。わたしはスキャンしてこの場合に言うのに相応しい言葉を見つける。

「愛してる」

彼はなにも言わない。彼の肩が一度大きく持ち上がる。

わたしは振り返る。わたしの声ががらんとした家に反響し、壁に跳ね返る。ローラの音声レセプターは、ひどく古いものであるけれど、その音を拾い上げる。信号が次々とやってくるIF命令文のなかを走った。DOループがくるくるまわって踊っているあいだ、彼女はデータベースの探索をする。モーターがうなる。シンセサイザーが作動する。

「わたしも愛してるわ」ローラが言う。

著者付記

この物語の基本となる前提、つまり恐怖と畏怖を引き起こす喋る人形というのは、マンリー・トイ・クエスト社の喋る人形シンディ・スマートに関するレベッカ・レイニーが書いたニューヨークタイムズの記事（二〇〇二年八月一日付け）に着想を得た。この話の結末は、彼女の記事の結びを意図的に反映している。このため、話のなかの登場人物のひとりであるキャスターは、彼女の記事にインスパイアされた感謝の印としてシンディと名づけた。同様に、この話のトーンと中心的な葛藤はテッド・チャンのすばらしい短篇「ゼロで割る」を想起させる。チャンの作品にこれまでわたしは大きな影響を与えられている。尊敬の印として、本作の主人公が子どもを懐妊する直前に夫に言った言葉をチャンの主人公が「あなたの人生の物語」で同様の状況で話す言葉と呼応させているのをここに書き添える。

文字占い師

The Literomancer

一九六一年九月十八日

リリー・ダイアーは、一日のなかでなによりも午後三時を期待し、同時に怖れていた。その時刻は学校から帰宅し、台所のテーブルの上に新しい郵便が届いているのを確かめる時間だった。

テーブルにはなにもなかった。でも、とにかく訊いてみよう、とリリーは思った。

「あたしになにか届いてない？」

「なにも」ママがリビングから返事した。ママはコットンさんの新たな中国人花嫁に英語を教えていた。コットンさんはパパとおなじ職場で働いており、偉い立場にいた。

リリーの一家が台湾に引っ越してから丸一カ月が経っていた。リリーが四年生のなかで三番目に人気のある女子だったテキサス州クリアウェルから手紙を書いてきた生徒はだれもいなかった。必ず送るからねと女の子たち全員が約束したのに。

リリーは米軍基地のなかにある新しい学校が好きではなかった。ほかの子どもたちの父親はみな軍属だったが、リリーの父親はロビーに孫文の写真が飾られ、中華民国の赤と白と青の旗が屋上に掲げられている市内のビルで働いていた。それがどういうことかというと、リリーは異分子であり、ほかの子どもたちはいっしょにお昼を食べようとしたがらなかった。ついにこの日の午前中早々、ワイル先生がリリーに対する扱いについて、ほかの生徒をたしなめた。それが事態を悪化させた。

リリーは自分のテーブルについて、ひとりで静かにお昼を食べていた。ほかの女子たちは隣のテーブルでおしゃべりをしていた。

「中国人の売春婦たちはずるいんだよ。いつも基地のまわりをぶらついているんだ」スージー・ランドリングが言った。スージーはクラスでいちばん美人の女の子であり、いつだって最高のゴシップを提供する人物だった。「うちのママがジェニーのママから聞いたんだけど、あいつらがアメリカ人の兵隊さんに触るとたちまちずるいワザを使って、引っかけてしまうんだって。あいつらは相手のお金を全部盗めるよう、結婚を申しこませたがって、もし結婚しようとしないと、病気にさせてしまうんだ」

女の子たちはいっせいに笑い声をあげた。「アメリカの男の人が基地の外に家族の家を借りるとき、その旦那さんがほんとはなにを狙っているのか、想像できるよね」ジェニーは陰険な口調でつけくわえ、スージーの歓心を買おうとした。女の子たちはくすくす笑って、リリーに意味ありげな視線を投げかけた。リリーは聞こえないふりをした。

「あいつら信じられないくらい不潔なんだよ」スージーが言った。「テイラーさんが言ってたんだけど、夏に車で台南に旅行にいったとき、中国人が出してくる料理をどれも食べられなかったんだって。一度など、蛙の脚を揚げたものを食べさせようとしたそうよ。テイラーさんはそれが鶏肉だと思って、もう少しのところで食べそうになったって。気持ちワリーー！」

「アメリカに戻らないかぎりちゃんとした中華料理を食べられないのがほんとにひどい、とうちのママが言ってた」ジェニーが付け足した。

「そんなことない」リリーは言った。口をひらいた瞬間に後悔した。リリーは、ランチに豚肉のツミレ、貢丸《コンワン》とご飯を持ってきていた。中国人のメイド、林阿媽《リン・アマー》がきのうの晩ご飯の残り物を詰めてくれたのだ。豚肉のツミレは美味しかった。だけど、ほかの女の子たちはその臭いに顔をしかめた。

「リリーが臭い中国人のゲキマズ料理をまた食べてる」スージーがそう言ってにらみつけた。「ほんとにそんなものが好きみたい」

「リリー、リリー、そのうち臭くて黄色い外国人《グーク》の赤ん坊をひりだすでしょう」ほかの女の子たちがいっせいに囃《はや》し立てだした。

リリーは泣くまいとこらえた。もう少しでうまくいきそうだったけど、だめだった。

ママが台所に入ってきて、そっとリリーの髪の毛をなでた。「学校はどうだった？」

両親には学校で起こったことを決して知らせてはいけないとリリーにはわかっていた。ふたりは救いの手を差しのべようとするだろう。そんなことになればますます事態が悪化するだけだ。

「良かったよ」リリーは言った。「女の子たちとだんだん知り合いになれてきた」

ママはうなずき、リビングに戻った。

リリーは自分の部屋にいきたくなかった。テキサスから持ってきた『少女探偵ナンシー・ドルー』のシリーズを全部読み終わってから、ほかに部屋でやることがなかった。また、台所にも留まっていたくなかった。そこでは林阿媽《リン・アマー》が料理を作っており、片言の英語で話しかけてこようとするからだ。リリーは、林阿媽《リン・アマー》と彼女の作った貢丸《コンワン》に腹を立てていた。身勝手なのはわかっていたけれど、どうしても腹が立ってしかたなかった。家から出ていきたかった。

この日はやいうちに降った雨が湿った亜熱帯の空気を冷やしていた。リリーは歩きながら軽やかなそよ風を味わった。登校用に結っていたポニーテールから赤い巻き毛をふりほどいた。ライトブルーのタンクトップと黄褐色の短パン姿で、快適だった。ダイアー家が借りている小さな中国様式の農家の西に村の水田が碁盤の目状に広がっている。数頭の水牛が泥たまりでのんびりしており、長い曲がった角で背中のざらざらの黒い皮をそっと引っ掻いていた。故郷のテキサスで見慣れていた、長くて細い角が危険なほど前に向かって曲がっている長角牛とちがって、水牛の角はうしろに向かって曲がっており、背中を掻くのにうってつけだった。

いちばん身体が大きくて最年長の水牛は目をつむり、水のなかに半分沈んでいた。リリーは息を殺した。その水牛に乗ってみたかった。

まだ自分が幼いころ、パパが新しい仕事──なにをしているのか話せないほど秘密の仕事だった──を手に入れるまえ、リリーはカウガールになりたかった。友だちが羨ましかった。彼らの親は東部出身ではなく、馬の乗り方、車の運転方法、牧場の仕事のやり方を知っていた。リリーは郡のロデオ大会に足繁く通い、五歳のとき、ママの許可をもらってると登録テーブルにいた男性に伝えて、羊乗り競争に参加した。

リリーは乗り手を振り落とそうとして跳ねる羊にわくわくどきどきしながら、なんと二十八秒間しがみついた。郡中を驚愕させた記録だった。リリーが鍔の広いカウボーイハットをかぶり、堅く結んだポニーテールをうしろに跳ね上げさせた写真があらゆる新聞に掲載された。その写真のなかの幼い少女の顔にはいっさい恐怖心が表れておらず、歓喜と強い意志だけが浮かんでいた。

「怖いもの知らずのバカね」ママが言った。「いったいどうしてあんなことをしたの？

首の骨を折りかねなかったのに」

リリーはママに返事をしなかった。そのあと何カ月もそのときの羊乗りのことを夢に見つづけた。あと一秒しがみつくんだ、と羊の背に乗っているとき、自分に言い聞かせた。必死にしがみつけ。その二十八秒間、リリーは、習字帳やおつかいやああしなさいこうしなさいと命じられることだらけのただの幼い少女ではなくなっていた。彼女の人生には明白な目的があり、それを成し遂げるためのはっきりとした方法があった。

もしリリーの年齢がもう少し上だったら、その感覚を〝自由〟と表現したかもしれなかった。

いま、もしあの年老いた水牛にまたがることができたら、ひょっとするとあの感覚を取り戻し、そのあとで問題なく日々を送れるようになるかもしれない。

リリーは浅い泥たまりに向かって駆けだした。どうやら年老いた水牛は食い戻したものをまだはんでいた。リリーは泥たまりの端にたどり着き、水牛の背に向かって跳躍した。

リリーは柔らかいドサッという音とともに水牛の背中に着地し、水牛が一瞬沈みこんだ。リリーは跳ね上げや前のめりがやってくるのに備え、長くて曲がっている角から目を離さず、もし水牛が角を使って自分を払い落とそうとしたら摑む用意をしていた。アドレナリンが分泌されて身体のなかをどっと走り回り、リリーは必死にしがみつく心構えをした。

ところが、年老いた水牛は昼寝を邪魔されて、たんに目をあけると、鼻を鳴らしただけだった。首をひねり、左目で咎《とが》めるようにリリーを見つめた。不満気に首を振ると、起き上がり、のたのたと泥たまりから出ようとした。水牛の背中にまたがっているのは、なめらかで安定していた。幼いころよくパパはリリーに肩車をしてくれたが、そのときと似ていた。

リリーは苦笑いをした。水牛の首の付け根を謝るように軽く叩いた。

リリーは力をゆるめて座り、水牛に自由に歩ませるようにして、通り過ぎていく稲穂の畝を眺めた。水牛は田んぼの端にたどり着いた。そこには小さな木立があり、水牛はその向こうにまわりこんだ。そこで地面は川岸に向かって下っており、水牛はそちらに向かった。リリーと同年代の中国人の少年たちが三、四人、川で遊んでいたり、家で飼っている水牛を洗ったりしていた。リリーと年老いた水牛が子どもたちに近づいていくと、少年たちの笑い声が止み、ひとりまたひとり、振り向いてリリーを見た。

リリーは不安になった。男の子たちにうなずいて、手を振った。彼らは手を振り返さなかった。リリーにはわかった。子どもならだれしもわかる方法で、自分が面倒に巻きこまれるのだ、とわかった。

ふいになにか濡れて重たいものがリリーの顔にぶつかった。男の子のひとりが川の泥をつかんで、投げつけたのだ。

「鼻《アドア》デカ、鼻《アドア》デカ、鼻《アドア》デカ！」少年たちは口々に叫んだ。さらなる泥がリリーに向かって飛んできた。泥はリリーの顔といい、腕といい、首といい、胸といい、あらゆるところにぶつかった。リリーは彼らがなんと叫んでいるのかわからなかったが、彼らの声に含まれる敵意と歓喜は翻訳する必要がなかった。泥が入って目がズキズキした。涙が止まらなくなった。リリーは両腕で顔を覆い、泣き声を聞かれて少年たちを満足させることはしまいと心に決めた。

「痛っ！」思わず悲鳴が上がった。石が肩にぶつかり、さらなる石が太ももに当たったのだ。リリーは水牛の背中から転げ落ち、うずくまって水牛のうしろに隠れようとしたが、少年たちはますます声高に囃し立て、水牛をまわりこんでリリーをいじめようとした。リリーはまわりの泥を両手いっぱいにつかんで、闇雲に、腹立ち紛れに、必死になって少年たちに投げつけだした。

「猴囡仔《わるガキども》、快走《いった》、快走《いった》！」威厳に充ちた老人の声が聞こえた。泥の雨が止まった。リリーは袖で顔の泥をぬぐい、顔を起こした。少年たちは走って逃げていった。老人の声がさらに彼らに向かって投じられ、子どもたちは走る速度を増した。少年たちの水牛がもっとのんびりした足取りで飼い主たちを追った。

リリーは立ち上がり、年老いた水牛のまわりを見回した。年かさの中国人男性が少し離れたところに立っていて、リリーに優しくほほ笑んでいた。老人のうしろにはリリーと同い年くらいの少年がひとり立っていた。リリーが見ていると、少年は逃げていく男の子たちの急速に小さくなっていく姿に向かって小石を一個投げた。その投擲は強力で、小石は宙高くアーチを描くと、最後尾の少年が低木の木立をまわりこんで姿を消す直前に、そのまうしろに落下した。石を投げた少年はリリーに向かってにやっと笑い、乱ぐい歯を覗かせた。

「お嬢ちゃん」老人が訛りはあるが、明晰な英語で話しかけた。「大丈夫かね？」

リリーは自分を救ってくれた人たちを声もなくまじまじと見つめた。

「阿黄《あおう》となにしてたんだい？」少年が訊ねた。年老いた水牛がのっそり彼に近づいていき、少年は手を伸ばして、牛の鼻面を軽く叩いてやった。

「あの……えっと……背中に乗ってたの」リリーの喉はからからだった。ごくりと唾を飲む。「ごめんなさい」

「悪い子たちじゃないんだが」老人は言った。「ほんの少しやんちゃで、よそ者を信用していないだけなのだよ。教師として、もっと行儀良くするよう教えなかったのは、わしの責任だ。あの子たちになりかわって、この通り謝る。すまぬ」老人はリリーに頭を下げた。

リリーはおっかなびっくり頭を下げ返した。身を屈めると、上と下が泥だらけになっているのが見え、石が当たった肩や脚がずきずきうずいているのに気づいた。ママに大目玉を食らうだろう――それは確実だった。頭のてっぺんから爪先まで泥に覆われて、どんな格好で母親のまえに姿を現すことになるのか、目に浮かぶようだった。

　リリーはこんなにもひとりぼっちだと感じたことはなかった。

「少し綺麗になる手伝いをさせてくれんかな」老人が申し出た。一行は川のほとりに歩いていき、老人はハンカチを使ってリリーの顔から泥を拭い取り、川の澄んだ水でハンカチをすすいだ。老人の手つきは優しいものだった。

「わしは甘振華《カン・チエンホア》、こいつは孫の陳恰風《チエン・チャアフオン》だ」

「テディと呼んでくれてもいいぜ」少年が付け加えた。老人は喉を鳴らして笑った。

「はじめまして」リリーは言った。「リリアン・ダイアーです」


「それでなにを教えてるの？」

「習字だ。ひどい悪筆で先祖や彷徨える霊を含むだれもかれもを震え上がらせないよう、あの子どもたちに筆で漢字を書けるよう教えておる」

　リリーは笑い声をあげた。甘《カン》さんはいままでにあったどの中国人ともちがっていた。だが、彼女の笑い声は長くつづかなかった。学校のことがいつも頭のどこかにこびりついており、あしたのことを考えて、リリーは眉間に皺を寄せた。

　甘《カン》さんは気づかないふりをした。「だけど、ちょっとした魔法も使うんだよ」

　その言葉にリリーは興味を惹かれた。「どんな魔法？」

「わしは測字先生《リテロマンサー》（文字占い師）なのだ」

「って、なに？」

「爺ちゃんは、名前のなかの漢字や自分で選んだ漢字に基づいて、人の運勢を占うんだ」

テディが説明した。

リリーは霧でできた壁に足を踏み入れた気がした。わけがわからず、甘《カン》さんを見る。

「中国人は神託を受ける補助手段として書を発明した。そのため、漢字はつねに深淵な魔法を宿しているのだよ。漢字から、人々の悩みや、過去と未来に待ち受けているものをわしは言い当てることができる。ほら、見せてあげよう。なにか単語をひとつ思い浮かべてごらん、どんな単語でもいい」

リリーはあたりを見まわした。三人は川岸の岩の上に座っており、木々の葉が金色や赤色に紅葉しはじめていて、稲穂がどっしり撓《たわ》んで収穫間近になっているのがリリーの目に入った。

「秋」と、リリーは言った。

甘《カン》さんは棒を手に取り、足下の柔らかい泥に漢字を一字書いた。

秋

「泥に棒で書いたのでへたくそな字になっているのはかんべんしとくれよ。紙も筆もないのでな。この漢字は、シュウという字で、中国語で〝秋〟を意味する」

「これからあたしの運勢がどうやってわかるの？」

「そうだな、まずこの漢字をばらばらにして、戻す必要がある。漢字というのはほかの漢字を合わせて作られているんだよ、積み木のようにな。〝秋〟はふたつのべつの漢字からできている。この漢字の左側の部分は、ヒエという漢字で、〝キビ〟や〝米〟や〝穀物一般〟を意味する。いまここに見える部分は、様式化されているのだけど、大昔には、この文字はこんなふうに書かれていたのだ」

甘《カン》さんは泥に書いた。

「ほら、茎が熟れた穂の重みで撓んでいるように見えるだろ？」
リリーは心を奪われて、うなずいた。
「さて、シュウの右側はべつの漢字、フォアで、火を意味する。燃えている炎みたいだろ、火花が飛んでいる？」

「わしが生まれた中国の北部では、米はできないんだ。そのかわりに、キビや小麦やモロコシを育てておる。秋になり、収穫して脱穀し終わると、畑に藁を積み上げて、燃やし、灰が翌年の畑の肥やしになるようにする。金色の藁と赤い炎、そのふたつを合わせて、シュウ、秋ができるのだ」

リリーはうなずき、その光景を思い描いた。

「だが、きみが自分の漢字としてシュウを選んだことでわしになにがわかるかといえば」

甘《カシ》さんはしばらく黙って考えた。そしてシュウの字の下にさらに数本の線を引いた。

愁

「さて、シュウの下に心を表す漢字シンを書いた。これはきみの心の形を表す文字だ。ふたつの字を合わせると、新しい漢字チョウができる。これは、〝愁い〟や〝悲しみ〟を表す文字だ」

リリーは心臓がキュンと締め付けられる気がして、突然なにもかもぼやけて見えた。リリリーは固唾《かたず》を飲んだ。

「きみの心にはたくさん悲しみがあるんだね、リリー、たくさんの心配事がある。きみをとても、とっても悲しくさせていることがある」

リリーは老人の柔和で皺の寄った顔を見上げた。端正に整えられた白髪を見る。リリーは老人に近づいていった。甘《カン》さんは両腕をひろげ、リリーはそっと優しく抱き締めてくれる相手の胸に顔をうずめた。

泣きながらリリーは甘《カン》さんに学校での出来事を話した。ほかの女の子たちや彼女たちの囃し声のことを、友だちからの手紙が届かない食卓のことを。

「喧嘩のやり方を教えようか」リリーが話し終えると、テディが言った。「思い切りぶん殴ってやれば、もうちょっかい出してこないよ」

リリーは首を横に振った。男の子は単純だ。拳で言うことをきかせることができる。女の子たちのあいだの魔法の言葉はもっと複雑だった。

「黄色い外国人《グーク》という単語には、たくさんの魔法がある」甘《カン》さんはリリーが涙をぬぐい、少し落ち着いてから話した。リリーは驚いて彼を見上げた。〝グーク〟というのが汚い言葉で、もし自分が口にしたら相手を怒らせてしまうだろうと思ったのだけど、甘《カン》さんはまったく怒っていなかった。

「その単語には闇の魔法がこもっていて、アジアの人々の心を切り刻み、彼らだけでなく、彼らの味方になろうとしている人たちをも傷つけるため用いることができる」甘《カン》さんは言った。「だけど、その単語の本当の魔法を理解していないのだよ。どこからその言葉が生まれたのか知っているかね？」

「知らない」

「アメリカの兵隊がはじめて韓国にいったとき、彼らは韓国兵がよく〝ミーグッ〟という言葉を口にするのを耳にした。アメリカ兵たちは韓国人が『おれ《ミー》、黄色い外国人《グーク》』と言っているのだと思った。だけど、実際は、韓国兵たちはアメリカ人のことを話していた。美《ミー》国《グッ》はアメリカを意味するんだ。韓国語で〝グッ〟は、〝国〟を意味する。そのため、アメリカ兵たちがアジア人をグークと呼びはじめたとき、実際はある意味で自分たちのことを言っているのがわからなかったんだ」

「へー」リリーは言った。いま聞いた情報がどれほど役に立つのか定かではなかった。

「自分を守るために使える魔法をちょっと教えてあげよう」甘《カン》さんはテディのほうを向いた。「猫をからかうのに使っている鏡を貸してもらえるか？」

　テディはポケットから小さなガラス片を取りだした。それは大きめの鏡の割れた欠片であり、ギザギザの縁がマスキングテープで覆われていた。マスキングテープには、いくつかの漢字がインクで書かれていた。

「中国人は数千年も鏡を使って、災いを払いのけてきたんだ」甘《カン》さんは言った。「この小さな鏡を見くびってはいかんぞ。このなかには偉大な魔力がこもっておる。この次、ほかの女の子たちにからかわれたら、この鏡を取りだして、ここにその顔を映してやるがいい」

リリーは鏡を受け取った。甘《カン》さんが言っていることをリリーはあまり信じていなかった。老人は親切で感じが良かったが、言っていることは荒唐無稽だった。それでも、リリーには友だちが必要だった。甘《カン》さんとテディは太平洋の反対側で友情を紡いでいた友だちに極めて近い存在だった。

「ありがとう」リリーは礼を言った。

「リリーちゃん」甘《カン》さんは立ち上がり、真剣な面持ちでリリーの手を握った。「ふたりの友人のあいだにとても歳の差があるとき、われわれ中国人は〝忘年之交〟と言う。すなわち、歳の差を忘れる友情、と。わしらが出会ったのは運命だ。きみがわしとテディを自分の友だちだとずっと思っていてくれればありがたいな」

泥だらけの姿をリリーはすべて阿黄のせいにした。「頑固な水牛」を自分のテキサス流カウガール・テクニックでおとなしくさせたのだ、と説明した。むろん、ママはリリーの悲惨な服を見てかんかんになった。リリーに長いお説教をした。パパでさえ、ため息をつき、もうおまえは若いレディーなんだから、おてんば娘の日々を終わらせなければならないと諭した。とはいえ、うまく言い逃れたとリリーは思った。

林阿媽《リン・アマー》は三杯鶏《サンベイジー》をこしらえた。パパのお気に入りの料理だ。ごま油と紹興酒と醤油の甘い香りがリビングキッチンに広がり、ダイアー夫妻が料理を褒めると、林阿媽《リン・アマー》は笑みをうかべて、うなずいた。料理の残りを二個のおにぎりにして、リリーの弁当箱に収める。リリーは三杯鶏をランチに持っていくことに懸念を抱いたが、ポケットのなかの鏡に指で触れ、林阿媽《リン・アマー》に礼を言った。

「おやすみなさい」リリーは両親に告げると、自分の部屋に向かった。

廊下に二枚の紙が落ちているのをリリーは見つけた。拾い上げて見たところ、隙間なく文字が打たれたタイプ原稿だった――

数多くの工場や鉄道や橋梁やその他の基本的施設を見事破壊してきた。また、特務機関員たちは何人かの中国共産党基幹要員も暗殺した。それらの襲撃で数十名の中国共産党員を捕虜にし、彼らを訊問することで共産中国《レッド・チャイナ》の内部事情に関する貴重な情報を入手できた。今回の秘密計画は、説得力のある反証に基づいて実行されてきたため、いまのところ合衆国の報道機関のいずれも、アメリカが関与しているという中国共産党の非難に対するわれわれの否定に疑念を抱いていない（合衆国の関与が暴露されたとしても、中華民国の主権は中華人民共和国全土まで及んでいるとして、米華相互防衛条約の下、われわれの関与は法的に正当化できることに注目すべきである）。

中国共産党員囚人の訊問から示唆されるのは、今回の絶え間ない攻撃と恐怖を与える計画は、中華民国の本土侵攻の脅威とあいまって、中国共産党をさらなる党内統制と国民管理の強化へと押しやったということである。中国共産党は軍事支出を増大させてきており、これは乏しい財源を経済発展に回すことから遠ざけ、中華人民共和国が大躍進後に大飢饉を経験している時期に民衆の苦しみをさらに増大させた。結果として、政権に対する強い不満が鬱積している。

ケネディ大統領は中国共産党に対してより対決的立場を取るようわれわれに新しい方針を与えた。全面戦争を除くあらゆる手段によって中華人民共和国を弱体化させることをわたしは提案する。中華人民共和国の船舶に対する中華民国の阻止行動と嫌がらせに引き続き支援をつづけることと、チベットでの反乱の支援と指導に加えて、中華人民共和国内での中華民国との合同秘密作戦を増やすべきである。中国共産党に対する秘密作戦を強化することによって、中国共産党の北ヴェトナム支援を縮小させることができるとわたしは信じる。最良の場合、いわゆる駱駝の背を折る最後の藁を載せたことになって、国内での大衆の反乱をみごとに導き、台湾とビルマから出兵する中国国民党の侵攻を支援することになりさえするかもしれない。総統はやる気にはやっている。

もし中華人民共和国がわれわれとの全面戦争を起こすことになったとしたら、同盟国へのアメリカの断固たる意思の確からしさを証明するため、核兵器を使用する必要が生じるだろう。大統領は、アメリカ国内での世論を味方につけ、同盟国に勝利の手段として核戦争を受容するよう仕向けることが求められよう。

同時に、中国共産党が台湾潜入へのさらなる努力を強化し、特務機関員とシンパのネットワークを台湾に確立しようとするのは疑問の余地がない。中国共産党のプロパガンダと心理戦テクニックは、われわれのものほど洗練されてはいないが、効果があったようだ（少なくとも過去においては）。とりわけ、現地生まれの本省人と国民党員の外省人とのあいだの軋轢につけこむことで、現地台湾人に対しては特に。

中国国民党の士気維持は、台湾におけるわれわれの影響力にとって不可欠なものである。台湾こそ、西太平洋におけるアメリカの制海権の防波堤と、自由世界の境界防衛線を形成する島々のなかでもっとも重要な構成要素である。われわれは台湾における防諜活動で中華民国を援助しなければならない。現在の中華民国の政策は、いわゆる二・二八事件（一九四七年二月二十八日台北で発生し、台湾全土に広がった本省人と外省人との大抗争）のような政治的に微妙な問題を抑えこみ、中国共産党に本省人の憤懣を利用させる機会を与えるのを避けようとしており、われわれはその政策に全面的支持を与えるべきである。また、中国共産党の特務機関員やシンパやほかの関係者を根絶し、鎮圧し、懲罰を与えるために、ありとあらゆる援助を惜しんではならパパの仕事の書類のようだった。リリーは知らない言葉がたくさん出てきてつっかえつっかえ読んでいたが、最終的に「制海権《サラソクラシー》」で止まってしまった。どういう意味なのかさっぱりわからない。リリーはそっと書類を廊下に戻した。スージー・ランドリングとあしたの昼食のほうが、この紙にタイプされている中身よりはるかにリリーにとって、差し迫って、頭の痛い問題だった。

予想通り、スージー・ランドリングと忠実な部下の群れは、リリーがほかの女の子たちに背を向け、べつのテーブルに座ったときもずっとその行動に注目しつづけていた。リリーはできるかぎり長くランチを取り出すのを遅らせ、女の子たちがゴシップに気を取られ、自分を無視してくれるよう願った。ジュースを飲み、デザート用に持参したブドウをかじった。できるだけ時間をかけ、ブドウの一粒一粒を皮を剝いて、なかの甘くてジューシーな果実を入念に噛んだ。

だけど、とうとうブドウを全部食べてしまった。両手が震えないよう意思の力を発揮して、おにぎりを取りだした。最初のおにぎりのバナナの葉を剝き、かじりついた。ごま油と鶏肉の甘い香りがべつのテーブルのほうに漂い、スージーがすぐさま肩をそびやかした。「中国人のゲキマズ料理の臭いがまたするよ」スージーは言った。わざとらしくクンクン嗅ぎ回る。口角を持ち上げ、嫌味な笑みを浮かべた。スージーは自分の声でリリーが身を縮め、すくみあがるのを見るのが大好きだった。そんな様子を見ると嬉しくて仕方ないのだ。

スージーと腰巾着の女の子たちは、昨日の囃し言葉をまた繰り返した。彼女たちの声には笑い声がまじった。力に酔っている少女の笑い声だ。彼女たちの目には欲望が浮かんでいた。血への渇望。リリーが泣くところを見たいという欲求。

まあ、試してみて損はないし、とリリーは考えた。

リリーは少女たちに向き直った。掲げた右手には、甘《カン》さんからもらった鏡があった。その鏡をスージーに向けた。

「手になに持ってんの？」スージーは笑い声をあげた。なにか貢ぎ物を、仲直りのための贈り物をリリーが差し出そうとしていると考えたのだ。馬鹿な子。涙以外に差し出すものがあると思う？

スージーは鏡を覗きこんだ。

自分の綺麗な顔ではなく、血まみれの赤い唇が道化師のようなにやにや笑いを浮かべ、舌ではなく、醜い、触手状の蠕虫の塊が口のなかで蠢いているのが見えた。ティーカップのように大きく見開いた青い目は、憎しみと驚きが半々を占めていた。スージーがいままで目にしてきたなかで、おそらくそれはもっとも醜悪で身の毛もよだつ光景だった。化け物を目にしたのだ。

スージーは悲鳴をあげ、両手で口を覆った。鏡のなかの化け物が血まみれの唇のまえに毛むくじゃらの前脚をもたげた。短剣のような長い鉤爪がいまにも鏡から出てきそうに思えた。

スージーはくるりと背中を向け、駆けだした。囃し立てていたのがふいに止んで、ほかの女の子たちの悲鳴に置き換わった。彼女たちもまた、鏡のなかに怪物を見たのだった。

その後、ワイル先生はヒステリー状態のスージーを帰宅させなければならなかった。リリーからあの鏡を没収してくださいとスージーはワイル先生に頼んだが、一分ほど入念に調べてからワイル先生は、鏡がまったくありふれたものだと結論を下し、リリーに返した。スージーの両親にメモを書こうとして、ワイル先生は溜息をついた。学校をサボろうとして今回の話をスージーがでっちあげたのではないかと疑っていたものの、それにしてもあの子は見事な役者だわ、と思った。

リリーは午後の授業を受けながら、ポケットのなかの鏡に指で触れ、笑みを漏らした。

「すごく野球が上手なんだね」リリーは阿黄の背中に乗って言った。

テディは肩をすくめた。少年は阿黄のまえを歩いていた。牛の鼻を持って誘導し、肩には野球のバットをかついでいた。テディがゆっくりと歩いていたため、リリーは楽に牛に運ばれていた。

テディはおとなしく、リリーは徐々にそれに慣れてきていた。最初、少年の英語が甘《カン》さんほどうまくないからだとリリーは思った。だが、ほかの中国人の子どもにもテディはおなじようにろくに話さないのに気づいた。

テディは村のほかの子どもたちにリリーを紹介した。そのうち数人は昨日リリーに泥を投げた連中だった。その男の子たちはリリーにうなずくと、きまり悪いのか視線を逸らした。

一同は野球の試合をした。テディとリリーしかちゃんとルールを知らなかったものの、子どもたちはみな、近くの基地でアメリカ兵たちが野球をするのを見ており、このスポーツ自体にはなじみがあった。リリーは野球が好きだった。故郷のことで失ってとても残念に思っていることのひとつが、パパと野球をし、TVで試合を見ることだった。台湾に引っ越してからというもの、TVでは野球中継はなく、パパは野球をする時間を見つけられずにいるようだった。

リリーの打順になると、きのうの男の子のひとりだったピッチャーがゆるくて遅い山なりの球を投げ、リリーはぼてぼてのゴロを一塁側に転がした。外野たちが駆け寄ったが、ふいに全員が草のなかでボールを見つけられなくなったようだった。リリーは楽々とベースをまわった。

それが少年たちの謝罪の仕方だとリリーは理解した。彼女は彼らにほほ笑み、頭を下げ、全部水に流したことを示した。少年たちはリリーに笑みを返した。

「爺ちゃんはよく〝不打不相識〟と言うんだ。時には喧嘩をしないと友だちになれないという意味さ」

じつに良い哲学だとリリーは思ったが、それが女の子たちのあいだで有効かどうかは疑わしかった。

テディは子どもたちのなかで飛び抜けて上手かった。優れたピッチャーだったが、さらに偉大なバッターだった。毎回打順がまわってくるたび、相手チームは守備陣形を広げた。テディがヒットを飛ばすのがわかっていたからだ。

「いつか、もっと大きくなったら、アメリカにいって、レッドソックスでプレーするんだ」水牛にまたがっているリリーのほうを振り向きもせずに、突然テディが言った。

台湾出身の中国人の男の子がレッドソックスで野球をするという考えはとても馬鹿げているとリリーは思ったものの、笑ったりしないようこらえた。テディが冗談で言っているようには見えなかったからだ。リリー自身は、母親の一族がニューヨーク出身のため、ヤンキースのファンだった。「どうしてボストン・レッドソックスなの？」

「爺ちゃんはボストンで学校にいっていたんだ」テディが答えた。

「へえ」そこの学校に通って甘《カン》さんは英語を学んだんだ、とリリーは思った。

「もっと早くに生まれていたならなあ。そしたらテッド・ウィリアムズといっしょにプレーできたかもしれないのに。もう二度と彼がプレーしているところを見ることはないんだ。彼は去年引退したからね」

　あまりにもその声が残念そうだったので、しばらくふたりとも口をひらかなかった。阿黄のやかましい、平坦な息づかいだけがふたりの沈黙の歩きに付き従った。

　リリーはふとあることがわかった。「だから、あんたは自分のことをテディと呼んでいるんでしょ？」

　テディは答えなかったが、リリーは少年の顔が赤くなるのを見て取った。リリーは、話題を変えて、きまり悪がっている相手の気を楽にしようとした。「ひょっとしたら、いつか監督として戻ってくるかもしれないよ」

「ウィリアムズは史上最高のバッターなんだ。あの人ならかならずぼくのスイングを向上させる方法を教えてくれるはずだ。だけど、ウィリアムズの後釜に据えられたカール・ヤズもけっこういいバッターだよ。ぼくとヤズ、ふたりでいつかヤンキースを倒して、レッドソックスをワールドシリーズに連れていくんだ」

　まあ、そうなったらほんとにワールドシリーズと呼ぶにふさわしいね、とリリーは思った。中国人の男の子がほんとにそんなことを実現するかもしれない。

「それはとっても大きな夢ね」リリーは言った。「そんなことが起こるといいね」

「ありがと」テディは言った。「アメリカで成功したら、ボストンでいちばん大きな家を買って、爺ちゃんといっしょに住むんだ。それからアメリカ人の女の子と結婚する。だって、アメリカ人の女の子は最高に綺麗だから」

「結婚相手はどんな姿をしてるのかな？」

「ブロンドだな」テディは阿黄に乗っているリリーを振り返った。リリーは赤い巻き毛とはしばみ色の瞳をしていた。「あるいは、赤毛だ」テディはあわてて付け加え、顔を赤くしてあらぬ方向を向いた。

リリーは笑みを浮かべた。

ふたりが村のほかの家のまえを通り過ぎると、リリーは家の多くが壁や扉にスローガンをペンキで書いていることに気づいた。「あの字はなんて書いてあるの？」

「あそこにはこう書かれている――『共産主義者の回し者に気をつけろ。秘密を守るのは全員の責任だ』。そっちのはこう書かれている――『うっかり三千人を殺すことになるとしても、一匹の共産主義者のスパイを逃がしてはならない』。あっちのはこうだ――『懸命に勉強し、懸命に働け。赤いならず者から本土の同胞を救わねばならない』」

「なんだか怖いな」

「共産主義者はおっかないんだ」テディは同意した。「ねえ、あれがぼくの家なんだ。なかに入りたい？」

「あんたの両親に会うことになるの？」

テディはふいに両肩をすくめた。「爺ちゃんとぼくしかいないよ。実はね、ほんとの爺ちゃんじゃないんだ。ぼくの両親はぼくがまだ赤ん坊のころ死んでしまって、爺ちゃんが孤児だったぼくを引き取ってくれたんだ」

リリーはなんと言っていいのかわからなかった。「どうして……あんたの両親は死んだの？」

テディはだれも近くにいないことを確かめようとして、あたりを見まわした。「ぼくの両親は、一九五二年二月二十八日に空き地に花輪を置いてこようとしたんだ。一九四七年にぼくのおじさんとおばさんがそこで死んだから」それだけ言えば充分だとテディは思っているようだった。

リリーはテディがなにを話しているのかわからなかったが、それ以上詳しく探ることはできなかった。ふたりはテディの家に到着した。

小屋は小さかった。テディが扉を開け、リリーをなかに通すと、少年は阿黄の世話にいった。リリーは気がつくと台所に立っていた。戸口から広めの部屋が見えた――この小屋には台所以外にその部屋しかなかった――畳が敷かれている部屋だ。どうやらそこでテディと甘《カン》さんは寝ているようだ。

甘《カン》さんが台所にある小さなテーブルのそばの椅子にリリーを座らせ、お茶を出した。老人はコンロでなにか料理をしており、とても美味しそうな匂いがした。

「もしよければ」甘《カン》さんは言った。「いっしょにシチューを食べないかね。テディの好物なんだ。きみも気に入ると思う。世界中のほかのどこにも虱目魚《サバヒー》の山東風出汁で煮込んだモンゴル風マトンは見つからんぞ、ハハハ」

リリーはうなずいた。調理中のおいしそうな匂いを吸いこんで、胃袋がぐうぐう鳴った。気持ちがくつろぎ、居心地の良さを覚えていた。

「鏡をありがとう。うまくいきました」リリーは鏡を取りだして、テーブルの上に置いた。

「このテープに書かれている文字はどんな意味？」

「『論語』の引用だよ。キリストもおなじ意味のことを言っている――〈己の欲するところを人に施せ〉とな」

「へー」リリーはがっかりした。秘密の魔法の呪文かなにかだと期待していたのだ。

甘《カン》さんはリリーの考えていることがわかったようだった。「魔法の言葉は誤解されることがよくある。クラスメートの女の子たちときみが〝黄色い外国人《グーク》〟を魔法の言葉だと考えたとき、その単語はある種の力を持った。だけど、実際には無知に基づく実体のない単語だ。ほかの言葉も魔法と力を持っているけれど、よくよく考えてみることが必要だよ」

リリーはあまり理解できなかったものの、うなずいた。

「もっと文字占いをしてくれない？」リリーは頼んだ。

「いいとも」甘《カン》さんは鍋に蓋をして、両手を拭った。紙とインクと筆を取り出す。「どんな文字がお好みかね？」

「英語でもできたら凄いと思うな」テディが台所に入ってきて言った。

「そうだ、英語でできる？」リリーは両手を叩き合わせた。

「試してみよう」甘《カン》さんは言った。「これがはじめての試みになるな」筆をリリーに手渡す。

リリーは頭に最初に浮かんだ単語をゆっくりと書いた。意味がわからない単語だ――thalassocracy（制海権）。

甘《カン》さんは驚いた。「ああ、わしもその言葉は知らんな。こいつは難しくなりそうだ」甘《カン》さんは渋面を作った。

リリーは固唾を飲んだ。この魔法は英語だと効かないの？

甘《カン》さんは肩をすくめた。「まあ、とにかくやってみんことには。さてと……この単語のまんなかにはべつの言葉がある――〝娘《lass》〟だ。これはきみのことだ」老人は筆の先端をリリーに向けた。「娘《lass》を、〝o〟が、すなわち〝ロープの輪〟が追いかけており、これで投げ縄《lasso》になる。ふむ、リリーや、大きくなったらカウガールになりたいのかね？」

リリーはうなずいて、笑みを浮かべた。「あたしはテキサスで生まれたの。生まれたときから馬の乗り方を知ってる」

「さて投げ縄《lasso》を除くと、残りはどんな文字だ？　“tha”――“cracy”か。ふむ、これを並べ換えると、“Cathay”そして“c”と“r”が余る。“c”はそのまま〝海《sea》〟を言い換えただけだし、Cathayは中国の昔の呼び方だ。だが、“r”はなんだろう？
ああ、わかったぞ！　きみが書いた“r”は、鳥が飛んでいるところに見える。だから、リリー、これはきみが空を飛んで海を渡り、中国にやってくる運命だった投げ縄を持つ娘だという意味だ。ははは。わしらは友だちになる運命だったんだよ！」

リリーは嬉しいのと驚いたのとで手を叩き、笑い声をあげた。

甘《カン》さんはマトンと魚のシチューをテディとリリーのために二つの皿に取り分けた。シチューは美味しかったが、林阿媽《リン・アマー》がこしらえるどんな料理とも異なっていた。味わいが深くて、口当たりが良く、ニラのピリッとして新鮮な香りがうまく絡み合っていた。甘《カン》さんは子どもたちが食べるのを眺めながら、幸せそうにお茶を口に含んだ。

「あたしのことをたくさん見つけだしてくれました、甘《カン》お爺さん。でも、お爺さんのことはあまり知らない」

「そのとおりだな。もうひとつ単語を選んでみないか？　その文字がきみになにを知らせたいのか見てみよう」

リリーはじっと考えた。「アメリカを表す漢字はどう？　お爺さんもあそこに住んでいたんだよね？」

甘《カン》さんはうなずいた。「良い選択だ」彼は筆で書いた。

美

「これはメイだ。〝美〟を表す漢字であり、アメリカを表す漢字でもある。美国《メイクオ》というのは、美しい国という意味だ。この字がふたつの漢字を上下に重ね合わせてできているのがわかるかい？　上半分の文字の意味は、〝羊〟だ。雄羊の角が突き立っているのが見えるだろ？　下半分の意味は〝大きい〟だ。自分が大男である気になって両手両脚を広げて立っているような形なんだよ」

甘《カン》さんは立ち上がって、その様子を示した。

「古代の中国人は単純な人々だった。でかくて丸々肥えた羊を飼っていたら、それは富や安定や安らぎや幸せを意味していた。彼らはそれを美しい光景だと思ったんだ。わしくらいの年になると、彼らがどんなふうに感じていたのかわかる」リリーは羊乗りのことを思い浮かべ、自分もわかった気になった。

甘《カン》さんは腰を下ろし、目をつむって先をつづけた。

「わしは山東省の塩売り商の家に生まれた。裕福な家だと思われていた。子どものころ、賢くて、言葉が巧みだと褒めそやされたもんだ。親父は、息子が一族の誉れになるような立派なことを成し遂げるだろうと期待した。わしがそれなりの年齢になると、親父は多額の借金をして、わしをアメリカに留学させてくれた。わしは法律を学ぶことにした。言葉とそれが持つ力が好きだったのでな」

甘《カン》さんは紙に別の文字を書いた。「〝羊〟からできている漢字をもっと使って、身の上話を続けてみよう」

鮮

「このシチューをはじめて作ったとき、わしはボストンの法学生だった。友人とふたりで一部屋をわけあって住んでいた。わしらには金がなく、食事は毎回パンと水だけだった。だが、あるとき、チャイナタウンでレストランのオーナーをしている大家がわしらに施しをした。捨てるつもりだった腐りかけの魚とマトンのくず肉をくれたのだ。わしは美味しい魚のシチューの作り方を知っており、友人は満州出身で、モンゴル流の美味しいマトンの食べ方を知っていた。

〝おいしい〟を表す漢字、鮮《シェン》は、〝魚〟と〝羊〟からできているから、両方の料理を合わせたら、ひょっとしたらとても美味しくなるんじゃないかとわしは考えた。で、うまくいったんだよ！　あんなに幸せな気分になったのはあのときがはじめてだったかもしれん。

測字《もじうらない》は、料理にすら役に立つのだ」甘《カン》さんは子どものように喉を鳴らして笑った。

そののち、甘《カン》さんはそれまでより真剣な面持ちになった。

「その後、一九三一年に日本が満州に侵攻し、友人は祖国を守るためアメリカを離れた。噂では、友人は日本軍と戦うため、共産ゲリラになったそうだ。日本軍は一年後、友人を殺した」

甘《カン》さんはお茶を口に含んだ。両手がわなわなと震えている。

「わしは臆病者だった。当時、仕事に就いていて、アメリカで快適な生活を送っておったのだ。わしは安全で、戦争にいきたくなかった。言い訳をした。戦争が終わるまで待ったならもっと役に立つことができると自分に言い聞かせた。

だが、日本は満州では満足しなかった。数年後、日本は中国のほかの地域にも侵攻し、ある日、目が覚めてみると、わしの故郷が陥落していたのを知った。家族からの手紙が届かなくなった。わしはずっと待ち続けた。家族は南に脱出し、なにも問題はないのだと自分に言い聞かせようとした。だが、ついに末の妹から一通の手紙が届き、町が陥落したとき、日本の軍隊はわしの両親を含む一族郎党を皆殺しにしたと伝えられた。妹は死んだふりをして生き延びた、たったひとりの肉親だった。わしが躊躇していたせいで、両親をみすみす死なせてしまったのだ。

わしは中国に向けて出発した。船を下りると即、軍に入隊を志願した。国民党軍の士官は、わしがアメリカで学校にいっていたことなど歯牙にもかけなかった。中国に必要なのは、銃を撃てる男であり、読み書きができて、法律を解釈できる男ではなかった。わしは一挺の銃と十発の銃弾を与えられ、もっと弾がほしければ死んだ兵士から手に入れなければならない、と言われた」

甘《カン》さんは新たな漢字を紙に書いた。

美

「これも羊から作られた文字だ。美《メイ》によく似ている。下半分の〝大きい〟を少し変えただけだ。どこが変わっているかわかるかね?」

リリーは前日書かれたものを思い返した。「これは火を表す文字だね」

甘《カン》さんはうなずいた。「きみはとても賢いお嬢さんだ」

「じゃあ、これは火の上でマトンを炙るところを表している文字なの?」

「そうだ。だが、文字の下半分に〝火〟を置くとき、通常、その形を弱火で料理しているところを示すよう形を変えるんだ。こんなふうに」

羔

「もともと、炙った仔羊の肉は、神様へのお供え物だった。で、この文字、羔《カウ》は、一般的に仔羊を意味するものになった」

「生け贄の仔羊のように？」

甘《カン》さんはうなずいた。「そう思う。わしらは軍事教練をなにも受けず、支援もなかった。勝つよりも負けた回数のほうがはるかに多かった。背後には、機関銃を構えた士官たちが、わしらが逃げようとしたらいつでも撃つつもりでいた。正面からは日本軍が銃剣を構えて突進してくる。手持ちの銃弾を撃ち尽くしてしまったら、死んだ戦友から手に入れようと探すのだ。わしは亡くなった家族の復讐をしたかったのに、どうやったら復讐できるというのだ？　どの日本兵が家族を殺したのかすら知らなかった。

べつの種類の魔法の存在を理解しはじめたのはそのときだった。人は日本の栄光と中国の脆弱さを口にする。いわく、日本はアジアの最高の地位を欲し、中国は日本が望んでいるものを受け入れ、諦めなければならない、と。だが、そうした言葉はなにを意味するのだろう？　どうしてなにかを日本は望むことができるのだ？　〝日本〟や〝中国〟は存在していない。それらはたんなる言葉に過ぎない。絵空事だ。個人としての日本人は偉大であるかもしれず、個人としての中国人はなにかを欲しているかもしれないが、〝日本〟あるいは〝中国〟がなにかを望んだり、信じたり、受け入れたりできるだろうか？　いずれもたんなる空虚な言葉に過ぎない。神話だ。だが、そうした神話は強力な力を持っており、生け贄を要求する。そうした神話が人々を羊のように殺してしまうことを要求している。

　アメリカがついに参戦したとき、わしはとても嬉しかった。中国が救われるのだとわかった。ほら、魔法がどれほど強力かわかるだろ。そうした存在していないものがあたかも実在しているかのように話せるのだから。ともあれ、日本との戦争が終わるとすぐにわれわれ国民党員は共産主義者たちと戦わねばならないと告げられた。ほんの数日まえまでは日本軍相手の戦友だったのに。共産主義者は邪悪な存在であり、止めなければならないのだ、と」

　甘《カン》さんは新たな文字を書いた。

義

「これは義《イー》という文字で、もともと〝正義〟という意味であり、いまは〝主義〟という意味もあるのだ、共産主義、民族主義、帝国主義、資本主義、自由主義というように。この文字は、上にきみの良く知っている〝羊〟を載せ、下には〝我《わたし》〟という字を置いて作られている。人が羊を生け贄に差し出そうと高く掲げている。すると自分は真相を知っている、自分には正義がある、この世界を救う魔法を手にしているのだと考えるのだ。変じゃないか？

だが、困ったことに、共産党軍はわれわれよりもはるかに劣る装備しかなく、訓練もされていなかったにもかかわらず、彼らは勝ち続けた。なぜなのかわからなかったが、ある日、わしの隊が共産党軍に急襲され、わしは降伏し、彼らに加わったときにわかった。いいかね、共産党軍は実際には山賊だった。連中は地主たちから土地を奪い、それを土地を持たない農民に分け与えるのがつねで、おかげで連中はとても人気が高かった。連中は法律や財産権という絵空事をてんで気にしなかった。なぜ気にする必要がある？　金を持ち、教育を受けた者たちが滅茶苦茶にしてきたのだ。貧乏で、無教養な者たちにもその機会があってしかるべきじゃないか？　共産主義者のまえにはだれひとりとして身分の低い農民のことなどろくに考えていなかった。人は、自分が履く靴すらないなにも持たざる者であるとき、死ぬのを恐れはしない。この世界には、貧しく、それゆえに恐れを知らない者たちが、金を持ち、恐れを知る者たちよりはるかに多い。わしは共産主義者たちのその理屈を理解できた。

だが、わしは疲れ切った。人生のほぼ十年間を戦いに費やし、しかも、わしはこの世にひとりきりだった。わしの一族は金持ちだった。日本軍に殺されずとも、共産主義者たちがいずれ彼らを殺しただろう。連中のことを理解できたにせよ、共産主義者のために戦いたくはなかった。わしは戦いをやめたかった。数人の友といっしょに真夜中にこっそり抜けだし、一艘の小型船を盗んだ。わしらは香港にいって、この殺戮行為を全部置き去りにするつもりだった。

だが、わしらは航海術を知らず、波に流されて外洋に出てしまった。食料も飲み水も尽き、死を待つばかりとなった。しかし、一週間後、水平線に陸地が見えた。わずかに残る持てる力を振り絞って、オールを漕ぎ、上陸した。着いたところは台湾だった。

わしらはたがいに共産党と行動を共にしていた時期と脱走のことは秘密にしようと誓った。わしらはそれぞれ自分たちなりの方便を見つけ、二度とふたたび戦う必要のないよう決心した。わしはそろばんと字が得意だったので、小さな雑貨店を営んでいる台湾人の夫婦に雇われた。わしが帳簿をつけ、ふたりに成り代わって店を営んだ。

台湾人の大半は数世紀前に福建省から入植してきた人たちだった。一八九五年に台湾が中国から日本に割譲されたとき、日本人はこの島を日本化しようとした。沖縄で日本がそうしたのとおなじように。そして本省人を日本国天皇の赤子《せきし》に作りかえようとした。戦争中、大勢の台湾人が日本軍兵士として戦った。日本の敗戦後、台湾は中華民国に返還されることになった。国民党員たちが台湾にやってきて、彼らとともに入植者の新しい波もやってきた。これが外省人だ。本省人は、国民党員の外省人を憎んだ。自分たちのめぼしい仕事を奪ったからだ。国民党員の外省人は本省人を憎んだ。戦争中、おなじ民族に対する裏切り者だったからだ。

わしが店で働いていたある日、通りに群衆が集まってきた。福建語で叫んでいたので、連中が本省人だとわかった。やつらは出会う人間を全員呼び止め、相手が北京官話を話すと、外省人だと判断し、襲いかかった。理由もなにもなく問答無用で、ためらいもなかった。連中は血を欲していたのだ。わしは怖くなって、カウンターの下に隠れようとした。

群

〝群衆〟という文字は、片側に〝高貴〟を表す文字、反対側に〝羊〟を表す文字でできている。だから群衆の正体は、自分たちが尊い運動に携わっていると信じこんでいるがゆえに狼の群れになった羊の一団なのだ。

本省人の夫婦はわしが良い人間だと言って、わしを守ろうとしてくれた。群衆のなかのだれかが、やつらは裏切り者だと叫び、わしら三人を襲って、店を焼き討ちした。わしはからくもその火から這々《ほうほう》の体で逃れたものの、ご夫婦は亡くなった」

「そのふたりがおれのおじさんとおばさんなんだ」と、テディが言った。甘《カン》さんはうなずき、少年の肩に手を置いた。

「本省人の暴動が一九四七年二月二十八日にはじまり、何カ月もつづいた。暴動の一部は中国共産党に指導されていたため、国民党員たちはとりわけ残虐だった。国民党が暴動を最終的に鎮圧するまで長い時間がかかり、死者は数千人に及んだ。

その殺戮のなかで、新たな魔法が生まれた。今日《こんにち》、だれも二・二八大虐殺事件のことを話題にしてはならないことになっている。２２８という数字はタブーなのだ。

テディの両親がその日の追悼をしようとして処刑されたあと、わしはテディを引き取った。わしは都会から離れたここに引っ越してきた。小さな小屋で暮らし、平穏にお茶を飲んでいられる場所にな。ここの村人たちは書物に親しんできた人間を尊敬しており、幸運をもたらしてくれる名前を子どもにつけるため、わしに助言を求めてくる。ほんの少しの魔法の言葉のせいでこんなにも大勢の人間が死んだあとでも、われわれは良いことを成し遂げてくれる言葉の力を信じつづけておるのだ。

もう何十年も末の妹からの便りはない。妹は大陸本土でまだ生きているとわしは信じておる。いつの日か、わしが死ぬまえに、もう一度妹と会えることを願っておる」

三人はテーブルのまわりに座っており、しばらくのあいだだれもなにも言わなかった。

甘《カン》さんは目をぬぐった。

「こんな悲しい話を聞かせて申し訳ない、リリー。だが、中国人は長いこと、語って聞かせられるような幸せな話を持っておらんのだ」

リリーは甘《カン》さんの目のまえにある、羊から作られた文字がいっぱいの紙を見た。「お爺さんは未来を覗けるんでしょ？　そこに良い話はないの？」

甘《カン》さんの目がぱっと明るくなった。「良い考えだ。どの文字を書こうかね？」

「中国を表す文字はどう？」

甘《カン》さんはじっと考えこんだ。「それは難しい要求だよ、リリー。“China”というのは英語では、単純な一語だが、中国語ではそう簡単ではない。中国や中国人を自称する人たちを意味する言葉はたくさんある。そうした言葉の大半は、古代の王朝にちなんでつけられており、現代の言葉は本物の魔法が入っていない抜け殻なのだ。人民共和国とはなんだ？　民国とはなんだ？　それらは真の言葉ではない。犠牲者を増やすほうに変わるだけだ」

しばらく考えてから、甘《カン》さんは新たな文字を書いた。

華

「これは華《ホア》という文字だ。この文字だけが、どの皇帝とも、どの王朝とも、殺戮と生け贄を必要とするどんなものとも無関係で中国と中国人を表すものなのだ。人民共和国も民国も両方とも自分たちの名前にこの字を入れているけれど、両国よりもはるかに古く、どちらの国にも属していない字だ。華《ホア》は、もともと、〝華やかな〟や〝壮麗な〟という意味だった。地面からひとかたまりの野の花が咲き誇っている形をしている。わかるかい？古代の中国人は周辺国の人間から〝華人〟と呼ばれていた。彼らの着ている服が絹と細かなレースでできている華やかなものだったからだ。だが、わしはそれだけの理由じゃなかったと思う。中国人は野の花のようだ。いく先々で生き延び、人生を謳歌する。ひとたび火事が起これば、野の生けるものはすべて焼き尽くされてしまうかもしれないが、雨が降れば、あたかも魔法のように野の花はふたたび姿を現す。冬が訪れ、霜と雪であらゆるものを滅してしまうかもしれないが、春がくれば野の花がふたたび咲き、みごとな景色をこしらえるだろう。

いまのところ、革命の赤い炎は大陸本土では燃えているかもしれないし、恐怖の白い霜がこの島を覆ってしまったかもしれない。だが、第七艦隊の鉄の壁が解け去り、本省人と外省人と、わしの故郷にいるその他の華人全員がともに華麗に咲き誇る日が訪れるだろうとわしにはわかる」

「ぼくはアメリカで華人になるんだ」テディが付け加えた。

甘《カン》さんはうなずいた。「野の花はどこでも花を咲かすことができる」

夕食のとき、リリーはあまり食欲がなかった。魚とマトンのシチューを食べ過ぎたのだ。

「ほら、甘さんはおまえのほんとうの友だちとは言えないわね、間食で食欲をなくさせてしまうつもりだとしたら」ママは言った。

「かまわないさ」と、パパ。「現地人の友だちをつくるのはリリーにとって良いことだ。そのうち、夕食に招いてあげないといけないぞ。もしおまえがその家族と親しくつきあうつもりなら、ママとパパはふたりのことを知っておかんと」

それはすごく良い考えだとリリーは思った。テディに自分のナンシー・ドルー本を見せたくてたまらなかった。表紙の綺麗な絵をテディはきっと気に入るだろうとわかっていた。

「パパ、〝制海権《サラソクラシー》〟ってどんな意味？」

パパは一瞬口ごもった。「どこでその言葉を聞いたんだ？」

リリーはパパの仕事に関わるものを見てはいけないことになっているのを知っていた。

「どこかで読んだんだと思う」

パパはリリーをじっと見つめていたが、やがて態度を和らげた。「ギリシア語で海を表す〝thalassa《サラッサ》〟から派生した言葉だ。〝海上の支配権を握る〟という意味だ。ほら、〈統べよ、ブリタニア！　大海原を支配せよ〉という歌詞を聞いたことがあるだろ。あれとおなじことだ」

リリーはそれを聞いてがっかりした。甘《カン》さんの説明のほうがずっと良いと思い、その旨口にした。

「なぜおまえと甘《カン》さんは制海権の話をしていたんだ？」

「理由なんかない。甘《カン》さんに魔法を見せてもらいたかっただけ」

「リリー、魔法なんてものはないのよ」ママが言った。

リリーは反論したかったが、そうしないほうがいいと思った。

「パパ、228のことを話せないなら、どうして台湾が解放されていると言えるのかわからないよ」

パパはフォークとナイフを置いた。「いまなんと言った?」

「自分たちは228のことを話せないんだと甘《カン》さんが言ったの」

パパは皿を押しやり、リリーを正面から見据えた。「いいかね、最初から、きょう甘《カン》さんと話したことを全部教えておくれ」


リリーは川岸で待った。テディと甘《カン》さんを食事に招くつもりだった。

村の少年たちが姿を現した。ひとり、またひとり、それぞれの水牛とともに。だが、彼らのだれもテディの居場所を知らなかった。

リリーは川に入り、たがいに水を浴びせ合っている少年たちに加わった。だが、落ち着かない気持ちがしてしかたなかった。テディはいつだって放課後に阿黄を洗いに川に姿を現していた。いったいどこにいるんだろう?

子どもたちが村に戻りはじめると、リリーはいっしょに付いていった。ひょっとして、テディは病気になって、家にいるかもしれないんじゃない？

阿黄が甘《カン》さんの小屋のまえでうろついており、リリーを見ると鼻を鳴らし、近寄ってきて鼻先をこすりつけてきた。リリーは阿黄の額をなでてやった。

「テディ！　甘《カン》さん！」返事はなかった。

リリーは扉をノックした。だれも応じなかった。扉には鍵がかけられておらず、リリーは押し開けた。

小屋は荒らされていた。畳はひっくり返され、切り裂かれていた。テーブルや椅子は壊され、その破片が室内に飛び散っていた。壺や割れた皿、箸が床に散らかっていた。書類やばらばらにされた本がいたるところにあった。テディのバットが無造作に地面に置かれていた。

リリーは下を向き、甘《カン》さんの魔法の鏡が粉々に砕かれて、足下に散らばっているのに気づいた。

共産主義者の山賊がこれをしたの？

リリーは近所の家に駆けていき、懸命にそれぞれの扉をノックし、甘《カン》さんの小屋を指さした。近所の人々は応対するのを拒んで扉を閉ざしたままにするか、首を横に振るかのどちらかで、だれの顔にも不安にかられた表情が浮かんでいた。

リリーは自宅に駆け戻った。

リリーは眠れなかった。

ママは警察にいってくれようとしなかった。パパは遅くまで仕事に出ており、もしリリーの空想じゃなく、ほんとうに山賊に襲われたのだとしたら、いちばん良い手立ては家にいてパパが帰ってくるのを待つことよ、とママは言った。やがて、あしたも学校があるんだからという理由でママはリリーをベッドに向かわせ、甘《カン》さんとテディの件はパパにちゃんと話します、と約束した。パパならどういう手を打てばいいのかわかっているはず。

リリーの耳に玄関の扉が開いて閉じられ、台所のタイル地の床を椅子が滑る音が届いた。パパが帰ってきたんだ。ママはパパのために食事を温めようとするはず。

リリーはベッドの上に膝立ちになって、窓を開けた。冷たい湿ったそよ風が腐りかけた草木と夜咲き花の匂いを部屋に運んできた。リリーは窓から這いだした。

ぬかるんだ地面に足を下ろすと、リリーはそっと家のまわりをまわって、台所のある裏手にたどり着いた。なかを覗くと、ママとパパが台所のテーブルで向かい合って座っているのが見えた。テーブルの上に料理は載っていなかった。パパのまえには、小さなグラスがあり、パパは壜から琥珀色の液体をそこに注いだ。一息で飲み干すと、また注いだ。

台所の明るい金色の照明が窓の外の地面に台形の光を投げかけた。リリーはその光の当たらないぎりぎりのところにとどまったまま、あいた窓の下にうずくまって耳を澄ました。

網戸を入れた窓に蛾がぶつかってくる羽音に紛れて届く父親の声にリリーは聞き入った。

今朝、デイヴィッド・コットンが話してくれたんだが、わたしが連中に調べさせていた男が逮捕されたという。きみが望むなら、訊問に協力してもらってもいいという話だった。わたしは中国人の二人の訊問担当者、陳扁と李輝といっしょに拘留施設にいった。「あいつは頑強なやつで、なかなか口を割ろうとしません」陳が言った。「いくつかの拷問方法を試してみましたが、あいつはとてもしぶとい。それでもやってみる価値のあるいくつかの高度な訊問テクニックがあります」

「共産主義者たちは心理操作と抵抗心の植え付けにとても長けている」わたしは言った。「驚くことじゃない。仲間がだれなのかやつに吐かせる必要がある。やつは複数の特務機関員たちとともに台湾にきたはずだ」

われわれは留置房にやってきた。すでに相当な取り調べがなされたあとであることが見てとれた。男の両肩は外れており、顔面は血まみれだった。右目は腫れ上がってほぼ完璧にふさがっていた。

わたしは男に治療を施すよう頼んだ。わたしが優しい相手で、信用してくれたら守ってやれることを男に理解してもらいたかった。男は肩をはめられ、看護婦が男の顔に絆創膏を貼った。わたしは男に水を飲ませてやった。

「わしはスパイじゃない」男は英語で言った。

「どんな命令を受けたのか話せ」わたしは言った。

「どんな命令も受けておらん」

「いっしょに台湾にきたのはだれか話せ」わたしは言った。

「ひとりで台湾にきた」

「それは嘘だとわかっている」

男は肩をすくめたが、外れていた肩の痛みに顔をしかめた。

わたしは陳と李にうなずいた。ふたりは鋭く尖らせた小さな竹串を男の爪と指のあいだに押しこみはじめた。男は黙っていようとした。陳が小槌で竹串の末端を叩きはじめた。壁に釘を打ちこむかのように。男は獣のようにうめき声をあげた。ついには気を失った。陳が冷水をホースでぶっかけ、男の意識を恢復させた。わたしはおなじ質問を男に繰り返した。男は首を横に振り、答えるのを拒んだ。

「おまえの友だちと話したいだけだ」わたしは言った。「もし彼らが無実なら、彼らの身になにも起こらない。彼らはおまえを咎めはしないだろう」

男は笑い声をあげた。

「老虎凳《タイガー・ベンチ》をやりましょう」李が言った。

ふたりは細長いベンチを運んできて、一方の端を部屋の支柱に押しつけた。背中が支柱に直角にもたれるよう男をベンチに座らせる。両腕をうしろにまわして支柱を抱えさせ、手を紐で縛る。次に、太ももと膝を太い革のストラップでベンチの先端部にくくりつけた。最後に両足首を紐で縛った。

「共産主義者の膝は逆に曲がるのかどうか確かめてやる」陳が男に言った。

　ふたりの訊問官が男の脚を持ち上げ、踵の下に一個の煉瓦を置き、ついで二個目を置いた。

　太ももと膝がベンチにきつく縛りつけられているため、煉瓦は膝から下をむりやり持ち上げ、膝がありえない角度で逆に曲がりはじめた。汗が男の顔と額を滴り落ち、傷口から流れる血と混じり合った。ベンチの上で身をよじり、膝にかかる圧力を逃そうとしたが、どこにも逃しどころはなかった。両腕は空しく支柱を上下して擦りむけ、手首や腕の皮膚が破け、血が白く塗られた支柱を流れ落ちた。

　ふたりは新たに二個の煉瓦を加え、膝の骨が折れる音が聞こえた。男はうめき、わめきはじめたが、われわれの聞きたがっていたことはいっさい言わなかった。

「おまえが話さないとこれを止めさせられないんだ」わたしは男に言った。

　ふたりの訊問官は長い木製のくさびを運んできて、細いほうの先端を一番下の煉瓦の下に押しこんだ。それからふたりはくさびの太いほうの端を交互にハンマーで叩いた。一回叩くごとにくさびは少しずつ煉瓦の下に食いこみ、男の脚を持ち上げていった。男は悲鳴を上げつづけた。舌を噛み切らないようむりやり男の口に棒を噛ませねばならなかった。

「話す用意があるなら、うなずくだけでいい」

男は首を横に振った。

突然、次のハンマーの一打ちで男の膝が割れ、膝から下の脚が飛び上がり、折れた骨が肉と皮膚を突き破った。男はまたも失神した。

わたしはだんだん胸が悪くなってきた。もし共産主義者が特務機関員たちをこれほどまで訓練し、鍛えることができるなら、われわれはどうやって今次戦争に勝てるというのだ？

「このままではうまくいかん」わたしは中国人訊問官に言った。「わたしに考えがある。こいつには孫がいる。孫を確保しているな？」ふたりはうなずいた。

われわれは医師をまた呼んできて、男の脚に包帯を巻かせた。医師は意識を失わずにすむ薬剤を男に注射した。

「殺してくれ、頼む」男がわたしに言った。「殺してくれ」

われわれは男を中庭に運びだし、椅子に座らせた。李が男の孫を連れてきた。小柄な少年だったが、とても利発そうに見えた。怯えており、祖父のもとに駆け寄ろうとした。李が少年を引き留め、壁際に立たせ、拳銃を突きつけた。

「おまえを殺すつもりはない」わたしは言った。「だが、自白しなければ、共犯者としておまえの孫を処刑する」

「やめてくれ、やめて」男は懇願した。「お願いだ。あの子はなにも知らない。わしらはなにも知らんのだ。わしはスパイじゃない。誓って言える」

李はうしろに下がり、両手で拳銃を構えた。

「おまえがこういうことをさせているんだぞ」わたしは言った。「おまえがわたしに選択の余地を与えていないんだ。わたしはおまえの孫を殺したくないのに、おまえがその子を殺させるんだ」

「わしは四人の仲間と一艘の小船でここにやってきた」男は言った。男はひたと少年に目を向けており、わたしはやっと男から本音を引き出しかけているのがわかった。「みな善人だ。わしらのだれも共産党のスパイじゃない」

「それも嘘だな」わたしは言った。「それぞれがだれなのか言え」

と、そのとき、少年が飛びついて、李の手につかみかかり、李を嚙もうとした。「爺ちゃんを離せ」そう叫んで李ともみ合った。

銃声が二発鳴った。少年はどさりと倒れた。李が銃を取り落とし、わたしは駆け寄った。少年は李の指を骨まで達するほど嚙んでおり、李は痛みにうめいていた。わたしは銃を手に取った。

顔を起こすと、老人が椅子から転げ落ちているのを見た。彼はわれわれに向かって這ってきた。孫の亡骸に向かって。彼は泣いていた。どんな言葉で泣いていたのか、わたしにはわからなかった。

陳が李に手を貸すために近づこうとしているあいだ、わたしは老人が少年に這い寄っていくのを見ていた。彼は身体をひねって上体を起こし、少年の亡骸を膝の上に抱え上げ、胸にかき抱いた。「どうして、どうしてなんだ？」彼はわたしに言った。「この子はほんの子どもなんだ。なにも知らなかったんだ。殺せ、わしを殺してくれ」

わたしは老人の目を覗きこんだ——暗く、濡れて光っていた。鏡のように。そこにわたしは自分自身の顔が映っているのを見た。とても変な顔だった。自分であることがわからないくらい狂おしい憤怒に歪んでいた。

その瞬間、多くのことが頭のなかを去来した。自分がメイン州で幼い子どもだったときのことを思い出した。祖父がよく狩りに連れていってくれた朝のことを思い出す。彼の上海での少年時代と中国人の友人や召使いたちについてわたしに語ってくれた話のことを。きのうの朝のことを思った。デイヴィッドとわたしで国民党の特務機関員たちに防諜活動に関する講義をしたときのことを。リリーのことを思った。死んだ少年とほぼ同い年の。娘は共産主義と自由についてなにを知っているのだろう？　どこかで、世界は恐ろしいほど間違ってしまった。

「殺してくれ、頼む。お願いだ、殺してくれ」

わたしは老人に拳銃を向け、引き金を引いた。引き金を何度も引きつづけ、弾倉が空になるまで何度も撃った。

「抵抗しようとしたんです」あとで陳が言った。「逃げようとした」それは質問の形ではなかった。

いずれにせよ、わたしはうなずいた。

「あなたに選ぶ余地はなかった」ダイアー夫人は言った。「彼があなたにそうさせたの。自由は代償のないものじゃない。あなたは正しいことをやろうとした」

彼はそれには応えなかった。しばらくして、彼はグラスをふたたび空にした。

「共産主義者の特務機関員がどれほど鍛えられているのか、話してくれたでしょ。朝鮮半島での話はいやというほど耳にしてきた。でも、いまになってやっとあたしは心から理解したわ。連中はその男を徹底的に洗脳し、人間の感情を失わせたにちがいない。良心の呵責もない人間にしたのよ。孫が命を失ったのはその男のせい。そいつがリリーをどんな目に遭わせたかしれたものじゃないということだけ考えて」

彼はそれにも応えなかった。テーブル越しに妻を見る。ふたりのあいだに湾があるようだった。台湾海峡のように広い湾が。

「わからん」やがて彼は言った。「ほんとにもうなにもわからんのだ」

パパはリリーといっしょに川辺を歩いていた。ふたりの足は柔らかい泥に沈んだ。ふたりとも足を止め、靴を脱ぐと、裸足で歩きつづけた。ふたりはたがいに話をしなかった。阿黄がふたりのあとをついてきた。ときおり、リリーは立ち止まって水牛の鼻を撫でてやると、牛はリリーのてのひらに鼻息を吹きかけた。

「リリー」パパが沈黙を破った。「ママとパパはテキサスに戻ることに決めたよ。転勤になるんだ」

リリーはなにも言わずにうなずいた。気分は秋のようだった。川岸の木々がさざ波を立てて流れる水面に映って揺れており、リリーは甘《カン》さんの魔法の鏡をまだ持っていればいいのにと願った。

「おまえの水牛のための新居を見つけてやらんとな。テキサスには連れ帰れない」

リリーは立ち止まった。頑として父親を見ない。

「あそこは乾燥しすぎている」パパは説得を試みる。「この牛は幸せにはなれないだろう。水浴びをする川もなく、泥浴びをする水田もない。自由に動きまわれないだろう」

リリーは自分がもう幼い女の子ではなく、そんなふうに話をする必要はないのだと父親に言いたかった。だが、そうはせず、ただ阿黄を撫でさするだけだった。

「ときどきな、リリー、大人はしたくないことをしなければならないんだ。なぜならそうするのが正しいことだからだ。ときどき、大人は間違っているように見えることをするんだが、ほんとは正しいことなんだ」

リリーは甘《カン》さんの腕について思った。はじめて会ったときその腕で自分を抱いてくれたときの様子を思い出す。男の子たちを追い払ってくれたときに甘《カン》さんの声がどんな風に響いていたかを思い出す。〝美〟を表す文字を書いてくれたとき、筆の先端が動いていた様子を思い出す。甘《カン》さんの名前の書き方を知っていればよかったと悔やむ。言葉と文字の魔法についてもっと知っておけばよかった。

心地よい秋の午後なのに、リリーは寒さを感じた。まわりの草原が白一色に覆われているところを想像した。亜熱帯の島を凍りつか《フリーズ》せるためにやってきた恐怖の霜で覆われているのだ。

“freeze”という単語に気を惹かれたように思えた。リリーは目をつむり、その単語を頭のなかに思い描いた。甘《カン》さんならやったであろうと思うやり方で慎重に吟味する。ひとつひとつの文字が小刻みに揺れ、たがいに押し合った。“z”がひざまずいて懇願している男の形を取り、“e”は死んだ子どもが胎児のように身を丸めている形になった。すると、“z”と“e”が消え、そこには“free”が残った。

大丈夫だよ、リリー。テディとわしはもう自由《フリー》だ。リリーは集中しようとし、心のなかで甘《カン》さんの薄れていく笑みと温かい声を逃すまいとした。きみはとても頭の良い子だ。きみも文字占い師になる運命なのだよ、アメリカで。

リリーは涙がこぼれないよう、きつく目をつむった。

「リリー、大丈夫か？」パパの声がリリーを我に返らせた。

リリーはうなずいた。少しだけ暖かくなった気がした。

ふたりは歩きつづけ、水田で腰を曲げ、たわわに実った稲穂を収穫している女たちの姿を目にした。

「未来がどのようなものになるのか知るのは難しい」パパは話をつづけた。「物事は勝手に動いて、だれもが驚くような結果を導くことがある。ときには、このうえもなく醜い物事がとても素晴らしいものの原因になることすらある。おまえがここであまり良い時間を過ごしてこなかったのは知ってるよ、リリー。不幸なことだ。だけど、ここは美しい島なんだ。台湾の旧称、フォルモサは、ポルトガル語で〝このうえなく美しい〟という意味なんだ」

アメリカ、美国、美しい国みたいにね、とリリーは思った。野の花は春になればふたたび咲くんだ。

遠くで、村の子どもたちが野球をしているのが見えた。

「いつの日か、この地での犠牲もその価値があったとわかるだろう。ここは自由の国になる。そうすればおまえはその素晴らしさがわかり、ここで過ごした日々を好ましく思い出すだろう。なんでも起こりうる。ひょっとしたら、ここの少年がアメリカで野球をするのを目にしさえするかもしれない。リリー、フォルモサ出身の中国人の男の子がヤンキー・スタジアムでプレーするのは凄いことじゃないか？」

リリーはその光景を脳裏に描いた。

テディがレッドソックスのヘルメットをかぶってバッターボックスに近づいていく。目はマウンドのピッチャーに向けられている。ピッチャーの帽子のNとYが重なったロゴを見つめる。一投目でバットを振る。乾いた甲高い打音がした。ヒットだ。ボールは冷たい十月の空気のなかを高く飛んで、暗い空と眩い照明のなかに入っていく。ボールが描くアーチはライトスタンドのどこかに落ちていく。観客は総立ちになる。テディはベースライン沿いに小走りをはじめる。破顔一笑し、観客のなかに甘《カン》さんとリリーの姿を探す。リーグ優勝が決まり、荒々しい歓声がスタジアムを揺るがす。レッドソックスがワールドシリーズに進むのだ。

「ずっと考えていたんだが」パパがつづけた。「クリアウェルにもどるまえに休暇を取ったほうがいいな、と。ニューヨークに立ち寄って、おばあちゃんに会いにいけると考えていた。ヤンキースがワールドシリーズでレッズと戦うんだ。チケットをなんとか手に入れて、試合を見にいって、ヤンキースを応援しようじゃないか」

リリーは首を横に振って、父親を見上げた。「もうヤンキースは好きじゃないの」

著者付記

冷戦中の、対中華人民共和国、米台合同秘密作戦の歴史についての概略は、ジョン・W・ガーヴァー著『米中同盟――中華民国国民政府と、米国のアジア冷戦戦略』に記されている。

文字占いの技は、この作品では極端に単純化されている。加うるに、ここで書かれている民間語源学と文字の成り立ちは、当然ながら、学術的研究結果とまったくなんの関係もない。

編・訳者あとがき

いまアメリカのSFファンに、いやアメリカに限らず、おそらく世界中のSFファンにもっとも注目されている期待の新鋭作家ケン・リュウの日本オリジナル作品集『紙の動物園』（新☆ハヤカワ・SF・シリーズ、二〇一五年）は、二〇〇二年のデビューから二〇一三年初頭までに発表された七十篇あまりの短篇のなかから、十五篇を厳選してお届けしたものだったが、本書は、その文庫化（の一巻目）である。なにぶん親本が分厚く、それなりの値段のものだったので、文庫化に際して、二分冊にし、各巻を手に取りやすい価格と分量になるようにした。なお、作品収録順を若干入れ替え（収録作そのものは変わらない）、さしずめ、一巻目にあたる本書は、ファンタジイ篇、五月刊行予定の二巻目『もののあはれ』はSF篇と呼べるような構成にした。

親本は、二〇一五年四月下旬に発売されるや、その三日後に重版が決定し、以降も順調に版を重ね、途中、芥川賞受賞作家又吉直樹さんがTVで紹介して下さったことによるブースター効果も手伝って、現在までに十一刷と、好調な売れ行きを堅持した。もちろん、内容も高く評価され、『SFが読みたい！　2016年版』で発表された「ベストSF2015〔海外篇〕」では、二位に圧倒的な得点差をつけて一位に選出。二〇一六年三月に発表された第六回Twitter文学賞海外部門でも、あまたの海外文学作品を押さえ、これまた圧倒的な得票で一位に選出。二〇一六年本屋大賞の翻訳小説部門でも二位に選出された。SFジャンル内だけでなく、ひろく翻訳小説愛好者全般に認知された作家・作品集になった。

それほど評価されたケン・リュウとは、どんな作家なのか。

まず、その経歴を紹介しておこう。

ケン・リュウ（中国名は劉宇昆《リウ・ユークン》）は、一九七六年中華人民共和国甘粛省蘭州市に生まれ、十一歳のとき、家族とともにアメリカ合衆国に移住した。当初はカリフォルニア州パロアルト市に住んでいたが、すぐにコネチカット州ウォーターフォード市に引っ越し、中学、高校とそこで暮らす。マサチューセッツ州ケンブリッジ市のハーヴァード大学に入学し、専攻は英文学。同時に、コンピュータ・サイエンスの授業も取っていた。卒業後、マイクロソフト社に入社し、ワシントン州レッドモンド市に住んだが、すぐに独立してケンブリッジ市に戻り、そこでソフトウェアの開発を数年間おこなった。つづいてハーヴァード・ロースクールに入学、卒業後数年間企業弁護士をしたのち、独立して特許訴訟関係のコンサルタント業をおこなうかたわら、スマートフォンやタブレットの子ども向けアプリも開発している。現在もマサチューセッツ州内に在住。趣味は、古いタイプライターの蒐集と修理。妻はアーティストのリサ・タン・リュウ。子どもがふたり（どちらも女の子）。

作家としてのデビューは、二〇〇二年。第一回年間フォボス小説コンテストという新人賞（二回で終了した）の入賞作として、「カルタゴの薔薇」が入賞作を集めたアンソロジーに掲載された。その後、単発的に作品を発表していたが、ある短篇（「1ビットのエラー」）に執着しすぎて、何度も掲載を断られ、手直ししては投稿し、没になるのを繰り返しているうちに書けなくなる。ロースクールに入学したこと、新しい仕事をはじめたことなど多忙だったのも一因。二〇〇九年にこの短篇が、何度も没になった作品を集めるというテーマ（！）のアンソロジーに収録されたことで、吹っ切れ、そこから本格的に書き始める。また、この頃、中国のSF作家たちと連絡を取るようになり、彼らの作品を読みはじめ、非英語圏文化のジャンル小説に魅了され、多大なるインスピレーションを受けたのも、作家としてブレークするきっかけになったという。二〇一一年発表の「紙の動物園」は、英語圏のSFおよびファンタジイ関係のメジャーな三大賞といえるヒューゴー賞とネビュラ賞と世界幻想文学大賞の各短篇部門を制する史上初の三冠に輝いた。これがきっかけになって、一躍注目を浴び、翌年「もののあはれ」で二年連続ヒューゴー賞短篇部門を受賞したことで、ケン・リュウの評価は決定的なものになった。「紙の動物園」以降、発表する作品が数多く各賞にノミネートされ、あまたの年刊傑作選にも収録され、二〇一五年四月には、満を持して、はじめての長篇である大部のファンタジイ『蒲公英《ダンデライオン》王朝記』（新☆ハヤカワ・SF・シリーズ）が大手出版社サイモン&シュスター社が同年春に立ち上げた新SF／ファンタジイ・レーベル〈サガ・プレス〉の一冊として刊行され、ローカス賞第一長篇賞を受賞したほか、ネビュラ賞にノミネートされた。この長篇は、〈蒲公英王朝記〉三部作の第一部であり、その第二部にあたる *The Wall of Storms* と第一短篇集 *The Paper Menagerie and Other Stories* が昨年刊行され、ともに高い評価を得ており、まさにいまが旬の作家なのである。

ケン・リュウ作品のどこがどう凄いのか、それは読んでみてのお楽しみで、内容についてて触れるつもりはいっさいない。先入観を持たずに読んでいただくのが、なによりだからである。冒頭から高い評価について記したのは、それだけ読む価値がある作品であるという傍証をあげておきたかったからである。

まずは、ケン・リュウの出世作、巻頭の「紙の動物園」を読んでいただきたい。ごく短い作品である。この作品を気に入っていただければ、あとは一気呵成、ケン・リュウの世界をご堪能いただけるものと期待している。残念ながらお気に召さない場合でも、なるべくバラエティ豊かに魅力を伝える作品を選んだつもりであり、訳者個人としては「紙の動物園」より優れていると思っている作品を何作も入れているので、読者の嗜好に合う短篇があることを願っている。

さて、書誌を中心に本書収録作七篇の紹介に移ろう――

「紙の動物園」“The Paper Menagerie”〈Ｆ＆ＳＦ〉二〇一一年三月四月合併号、〈ＳＦマガジン〉二〇一三年三月号訳載）

二〇一二年度ネビュラ賞・ヒューゴー賞・世界幻想文学大賞短篇部門受賞、第四十五回（二〇一四年度）星雲賞海外短編部門受賞、第二十五回（二〇一三年度）ＳＦマガジン読者賞海外部門受賞、スペインのヒューゴー賞にあたる二〇一三年度イグノトゥス賞海外短篇部門受賞、二〇一二年度スタージョン賞第三席

「動物園」の語に一般的な zoo ではなく、menagerie を使っているのは、テネシー・ウィリアムズの戯曲『ガラスの動物園』*The Glass Menagerie* を意識しているのではないか、という訳者の質問に（この戯曲の主要登場人物であるローラは、ガラス製の動物の人形コレクションを持っていて、そのことを「ガラスの動物園」と呼んでおり、その脆い人形たちは、ローラの精神状態と置かれている状況をシンボライズしていると考えられる）、作者はこう答えてくれた。「この短篇の題名は、まさしく、ウィリアムズの戯曲へのアリュージョンです。短篇のなかでもっぱら弱々しく、脆い存在であると見られていた母親が、折

り紙の動物と同様、大きな内なる力を持っていることが明らかになるのですから」

「月へ」"To the Moon"（〈ファイヤーサイド〉第一号、二〇一二年四月刊）

その文化的背景から、中国でケン・リュウは大人気作家で、主要作品は片っ端から中国語に訳されている。ただし、例外があり、中国語に訳されにくい作品が存在している。おそらくこの作品もそのひとつで、いまのところまだ中国語には訳されていない。また、訳された作品でも、意図的に一部を訳していない場合もある。

ところで訳者は、この作品の掲載誌である電子雑誌が活動資金を募集したクラウドファンディングで、ケン・リュウ作品の登場人物に名前を使ってもらう権利を落札したことがある。自分の名前を使ってもらうのはこっ恥ずかしかったので、妻の名前を使ってもらうことにした。無事使ってくれたのだが、その作品はもちろん本書には収録していない。そこまで鉄面皮じゃない。

「結縄《けつじょう》」"Tying Knots"（〈クラークスワールド〉二〇一一年一月号）

訳者がはじめて読んだケン・リュウ作品で、キモになるアイデアに驚き、感心した。みごとなアイデア・ストーリイである。

「太平洋横断海底トンネル小史」"A Brief History of the Trans-Pacific Tunnel"（〈Ｆ＆ＳＦ〉二〇一三年一月二月合併号）

リック・ホートン編集の ***The Year's Best Science Fiction and Fantasy, 2014*** に収録

この日本オリジナル作品集中、最新の作品。作者の技倆がますます向上しているのを示す好例として選んだ。ありえたかもしれない世界を舞台にしたオルタネート・ワールドＳＦ。なによりも歴史を分岐させる元になった出来事の着想がすばらしい。

「心智五行」"The Five Elements of the Heart Mind"（〈ライトスピード〉二〇一二年一月号）

中国風味を抜きにすると、ロバート・シェクリイが書いていそうな、クラシカルなＳＦ風刺短篇。オチの付け方がじつに古風で、懐かしさすら覚えた。

「愛のアルゴリズム」"The Algorithms for Love"（〈ストレンジ・ホライズンズ〉二〇〇四年七月十二日配信）

デイヴィッド・G・ハートウェルとキャスリン・クレーマー編集の ***Year's Best SF 10*** に収録

日本オリジナル作品集のなかでもっとも初期に発表された作品。プログラマーとしての経歴が色濃く出ている。

「文字占い師」“The Literomancer”（〈F&SF〉二〇一〇年九月十月合併号）

二巻目の収録作を含め、全体で最長かつ一番読後感の重たい作品。構成は「紙の動物園」と似ているが、題材にされている台湾の歴史的事件の重みと、登場人物たちの運命の過酷さ、主人公のファンタジイの切なさに深く考えさせられる作品。台湾の二・二八事件に関しては、われわれ戦後生まれの世代は、知識すらないかもしれないが、侯《ホウ・》孝《シャオシ》賢《エン》監督の『悲情城市』（一九八九）で描かれていたアレである、と言えばぴんとくる人も多いのではないだろうか（訳者もその口である）。

自分の文化的背景になっている中国および日本を含めた東アジアの歴史認識に関わる問題を真摯に問う姿勢もケン・リュウの特徴のひとつである。

内容のせいなのか、この作品もまだ中国語訳はない。

なお、『もののあはれ』に収録される八篇、「もののあはれ」「潮汐」「選抜宇宙種族の本づくり習性」「どこかまったく別な場所でトナカイの大群が」「円弧《アーク》」「波」「1ビットのエラー」「良い狩りを」の書誌等については、同書のあとがきにて記すことにする。

冒頭に記した親本の高い評価によって、日本オリジナル第二作品集の企画が早々に立ち上がり、二年の準備期間を経、いよいよ四月『母の記憶に』として〈新☆ハヤカワ・SF・シリーズ〉から発売される。短めの作品を中心にした第一作品集と趣を変え、長めの代表作も数篇加え、いっそうケン・リュウの魅力をお伝えできる構成になったと自負している。あれもこれもと欲張ったせいで大変分厚い本になってしまったので、ケン・リュウがお初の読者は、まずは入門篇としての本書で、「小手調べ」されてはいかがだろうか。

二〇一七年三月（親本の訳者あとがきを元に適宜書き直した）

本書は、二〇一五年四月に早川書房より新☆ハヤカワ・SF・シリーズ『紙の動物園』として刊行された作品を二分冊し『ケン・リュウ短篇傑作集1　紙の動物園』として文庫化したものです。

火星の人〈新版〉（上・下）

The Martian
アンディ・ウィアー
小野田和子訳

有人火星探査隊のクルー、マーク・ワトニーはひとり不毛の赤い惑星に取り残された。探査隊が惑星を離脱する寸前、思わぬ事故に見舞われたのだ。奇跡的に生き残った彼は限られた物資、自らの知識と技術を駆使して生き延びていく。宇宙開発新時代の究極のサバイバルＳＦ。映画「オデッセイ」原作。　解説／中村融

2010年代海外SF傑作選

橋本輝幸編

〈不在〉の生物を論じたミエヴィルのホラ話「〝〟《ザ・》」、ケン・リュウによる歴史×スチームパンク「良い狩りを」、仮想空間のＡＩ生物育成を通して未来を描くチャンのヒューゴー賞受賞中篇「ソフトウェア・オブジェクトのライフサイクル」など二〇一〇年代に発表された十一篇を精選したオリジナル・アンソロジー

ブラックアウト（上・下）

Blackout

コニー・ウィリス

大森　望訳

〔ヒューゴー賞／ネビュラ賞／ローカス賞受賞〕二〇六〇年、オックスフォード大学の史学生三人は、第二次大戦の大空襲で灯火管制（ブラックアウト）下にあるロンドンの現地調査に送りだされた。ところが、現地に到着した三人はそれぞれ思いもよらぬ事態にまきこまれてしまう……。主要ＳＦ賞を総なめにした大作

ハヤカワ文庫

オール・クリア（上・下）

All Clear
コニー・ウィリス
大森　望訳

〈ヒューゴー賞／ネビュラ賞／ローカス賞受賞〉二〇六〇年から、第二次大戦中英国での現地調査に送り出されたオックスフォード大学の史学生、マイク、ポリー、アイリーンの三人は、大空襲下のロンドンで奇跡的に再会を果たし、未来へ戻る方法を探すが……。『ブラックアウト』とともに主要ＳＦ賞を独占した大作

ハヤカワ文庫

白熱光

Incandescence

グレッグ・イーガン

山岸 真訳

はるかな未来、一五〇万年のあいだ意思疎通を拒んでいた孤高世界から、融合世界に使者がやってきた。未知のＤＮＡ基盤の生命が存在する可能性があるという。その生命体を探しだそうと考えたラケシュは、友人とともに銀河系中心部をめざす！……現代ＳＦ界最高の作家による究極のハードＳＦ。解説／板倉充洋

訳者略歴　1958年生，1982年大阪外国語大学デンマーク語科卒，英米文学翻訳家　訳書『夢幻諸島から』『双生児』『奇術師』プリースト，『蒲公英王朝記』リュウ，『シティ・オブ・ボーンズ』コナリー（以上早川書房刊）他多数

HM=Hayakawa Mystery
SF=Science Fiction
JA=Japanese Author
NV=Novel
NF=Nonfiction
FT=Fantasy

ケン・リュウ短篇傑作集 1

紙《かみ》の動物園《どうぶつえん》

〈SF2121〉

二〇一七年四月十五日　発行
二〇二五年二月二十五日　十八刷

（定価はカバーに表示してあります）

著者　ケン・リュウ
編・訳者　古《ふる》沢《さわ》嘉《よし》通《みち》
発行者　早川浩
発行所　株式会社早川書房

郵便番号　一〇一 - 〇〇四六
東京都千代田区神田多町二ノ二
電話　〇三 - 三二五二 - 三一一一
振替　〇〇一六〇 - 三 - 四七七九九
https://www.hayakawa-online.co.jp

乱丁・落丁本は小社制作部宛お送り下さい。
送料小社負担にてお取りかえいたします。

印刷・精文堂印刷株式会社　製本・株式会社明光社
Printed and bound in Japan
ISBN978-4-15-012121-1 C0197

本書は活字が大きく読みやすい〈トールサイズ〉です。